LES PRODIGES DE LA VIE

Dans la même collection :

BALZAC, Adieu.
Le Chef-d'œuvre inconnu.
CHAMISSO, L'Étrange Histoire de Peter Schlemihl.
CHARLES D'ORLÉANS, L'Écolier de Mélancolie.
CHRISTIE, Les Plans du sous-marin.
COLETTE, Les Vrilles de la vigne.
La Ronde des bêtes.
CONAN DOYLE, Le Mystère du Val Boscombe.
DIDEROT, Supplément au Voyage de Bougainville.
Les Deux Amis de Bourbonne.
FLAUBERT, Un cœur simple.
FRANCE, Les Autels de la peur.
GAUTIER, Arria Marcella.
HOFFMANN, Mademoiselle de Scudéry.
HUGO, Claude Gueux.
LABICHE, La Cagnotte.
LEBLANC, L'Arrestation d'Arsène Lupin.
LONGUS, Daphnis et Chloé.
LUCIEN, Philosophes à vendre.
MARIE DE FRANCE, Le Lai de Lanval.
MAUPASSANT, La Parure.
Le Horla.
Une partie de campagne.
MÉRIMÉE, La Vénus d'Ille.
Lokis.
NERVAL, La Main enchantée.
NODIER, Trilby.
PLUTARQUE, Vie d'Alcibiade.
SUÉTONE, Vie de Néron.
TCHEKHOV, La Steppe.
VOLTAIRE, La Princesse de Babylone.
XXX, Chansons d'amour du Moyen Âge.
Le Jugement de Renart.
La Mort de Roland.

LES CLASSIQUES D'AUJOURD'HUI

STEFAN ZWEIG

Les Prodiges de la vie

Présentation et notes d'Isabelle Hausser

TRADUIT DE L'ALLEMAND PAR HÉLÈNE DENIS

LE LIVRE DE POCHE

Stefan Zweig en 1926.

PRÉSENTATION

Les Prodiges de la vie a été publié pour la première fois en 1904 au sein du premier recueil de nouvelles de Stefan Zweig, paru sous le titre *L'Amour d'Erika Ewald*. Les quatre textes réunis dans ce recueil ont été écrits, selon Zweig lui-même, entre 1900 et 1904, une nouvelle par année, à une période où il faisait ses débuts dans la vie littéraire. Mais, plus que les trois autres, *Les Prodiges de la vie* est d'une facture particulière.

Elle est tout d'abord l'œuvre d'un jeune homme. En 1904, Stefan Zweig a vingt-trois ans. Il vient à peine de terminer ses études universitaires, entreprises sans grand enthousiasme pour faire plaisir à ses parents. En avril 1904, quelques mois avant la parution de ses nouvelles, Zweig avait en effet soutenu sa thèse sur la philosophie de Taine[1]. Mais s'il est très jeune, il n'est déjà plus un inconnu. Quelques-uns de ses poèmes ont été publiés dans diverses revues ainsi qu'un recueil de vers remarqué *Silberne Saiten* (Cordes d'argent) en février 1901. La jeunesse de Zweig explique sans doute que *Les Prodiges de la vie* soit une nouvelle aussi dense, comme si le jeune auteur avait voulu, en une fois, exprimer toute la richesse de son inspiration.

Cette nouvelle, dont l'action se situe à Anvers, est écrite par un homme qui vient de découvrir la Belgique. D'abord par le truchement de l'œuvre de Verhaeren[2] qui l'enthousiasme et qu'il a commencé à traduire (il écrira en 1910 une

---

1. Hippolyte Taine (1828-1893), critique littéraire, historien et philosophe français qui expliquait la production artistique et les faits historiques par la race, le milieu et le moment. — **2.** Émile Verhaeren (1855-1916), poète belge dont la poésie est, notamment, une exaltation de la société moderne.

biographie à la gloire du poète). Ensuite grâce à un voyage en Belgique durant l'été 1902 au cours duquel il fit précisément la connaissance d'Émile Verhaeren. Stefan Zweig était fasciné par sa poésie, et plus généralement par la Belgique, qu'il considérait comme un pont entre les cultures allemande et française, celles dont il fut toujours le plus proche.

Les Prodiges de la vie se déroule à Anvers en 1566. Zweig montre là son goût pour l'histoire. Il écrira ultérieurement de nombreuses biographies ainsi que quelques textes de réflexions sur l'histoire. C'est en outre une période qui le fascine : en 1935, il consacrera un essai à Érasme[1], grande figure intellectuelle de cette période et venu lui aussi des Pays-Bas, même s'il n'y vécut guère. Rien d'étonnant donc à le voir choisir les Flandres en proie aux convulsions de la Réforme et sur le point de s'engager dans une longue guerre d'indépendance comme décor de sa nouvelle.

L'histoire compliquée de cette région devait en outre intéresser Zweig, sujet de l'empereur d'Autriche-Hongrie, lointain héritier de Charles Quint qui régna sur les Pays-Bas de 1511 à 1555. Charles Quint, empereur du Saint Empire romain germanique et roi d'Espagne, avait reçu ces terres de son père, Philippe le Beau, petit-fils du dernier duc de Bourgogne, Charles le Téméraire. Charles Quint parlait français mieux que toute autre langue et respecta les traditions bourguignonnes qui avaient survécu dans cette région. Il dota même les Pays-Bas d'une personnalité juridique – « le cercle de Bourgogne » – différente de celle de l'Empire et d'une relative autonomie.

Cependant, au moment de son abdication, il confia les Pays-Bas à son fils, Philippe II, auquel il remit également la couronne d'Espagne. Les Pays-Bas devinrent alors « espagnols ». Peu attaché à ces terres nordiques, contrairement à son père, Philippe II n'y vint presque jamais et se montra peu enclin à en respecter la personnalité très différente de celle de l'Espagne.

Terres ouvertes au commerce, comme on le voit dans

---

1. Érasme (1469-1536), humaniste hollandais, auteur de *L'Éloge de la folie*. Tout en prônant une réforme de l'Église, il refusa de suivre Luther et contesta sa doctrine de la prédestination.

Les Prodiges de la vie où le négociant qui commande le tableau a tenu les comptoirs de son père à Venise, lieux de passage entre l'Allemagne et la France, les Pays-Bas étaient alors séduits par les nouvelles idées religieuses. Le Nord et le Nord-Est du pays subissaient l'influence du luthérianisme et du mouvement anabaptiste[1]. Le Sud – l'actuelle Belgique –, plus proche de la France, était gagné par les idées de Calvin. Mais d'où qu'elles vinssent, ces idées réformatrices déplaisaient fort à Philippe II, élevé dans le catholicisme le plus rigide et le plus militant. Il prit très vite des mesures de répression religieuse qui furent encore accentuées en 1565, quelques mois avant le moment où commence l'action de la nouvelle, par les Lettres de Ségovie. Ces documents mettaient également fin aux tentatives de la noblesse des Pays-Bas – et notamment du plus célèbre de ses membres, Guillaume d'Orange, dit le Taciturne – pour regagner un peu d'autonomie. Au printemps 1566, c'est-à-dire à l'époque où le peintre de la nouvelle a commencé son tableau, Philippe II envoya le duc d'Albe aux Pays-Bas pour y étouffer la contestation religieuse et politique.

La politique de Philippe II suscita de nombreux mécontentements, dont Zweig ne donne qu'un écho assourdi dans sa nouvelle. Esther, l'héroïne des *Prodiges de la vie*, est en effet totalement inconsciente de ce qui est en train de se préparer. Et lorsque le 16 août 1566 éclate à Anvers le « Beeldenstorm », le mouvement iconoclaste – la destruction des images et des objets de culte –, elle ne comprend pas ce qui se passe et en meurt.

Ce mouvement, qui ravagea en quelques semaines les églises et les monastères des Flandres à la Hollande et qui marque le début de la guerre d'indépendance des Pays-Bas, venait d'Allemagne. La question des images et de leur destruction opposa les différents réformateurs. Après quelques hésitations, Luther refusa de condamner les images. Certains de ses disciples, dont Haetzer, Karlstadt et Zwingli, dans une moindre mesure, étaient favorables à leur destruction et encouragèrent les mouvements iconoclastes qui

1. Les anabaptistes sont une secte protestante allemande fondée en 1521 par Thomas Münzer. Animée d'idées religieuses et politiques, elle fut à l'origine de la Guerre des Paysans et de son échec en 1525.

apparurent en Allemagne et en France. Calvin, de son côté, condamnait les images, mais n'appelait pas à les détruire. Avant l'insurrection d'Anvers, qui eut un caractère éruptif et contagieux, l'Allemagne connut des accès iconoclastes. On considère aujourd'hui que l'un des enjeux de la querelle des images était celui du contrôle et de la manipulation des foules urbaines, ce qu'on retrouve dans le mouvement d'Anvers puisqu'il fut le prélude au soulèvement des Pays-Bas contre l'Espagne.

Les sentiments de Zweig à l'égard de la Réforme étaient ambigus, comme le montre son *Érasme*. Il n'est pas sans intérêt de le voir dans cette nouvelle faire des réformés des iconoclastes, c'est-à-dire des brutes, face aux sensibilités catholique du peintre et juive d'Esther (qui appartient pourtant à une religion qui interdit la représentation de Dieu), ce qui traduit quelques-uns des sentiments de Stefan Zweig, juif émancipé élevé dans un pays fondamentalement catholique, et explique peut-être ses motivations conscientes ou non lorsqu'il rédigea ce texte.

Cependant, cette trame historique, qu'il faut connaître pour comprendre comment l'Histoire brise soudain la vie des héros de la nouvelle, n'est pas, loin de là, le sujet des *Prodiges de la vie*.

Structurée en six parties, la nouvelle – contrairement à *L'Amour d'Erika Ewald*, paru dans le même recueil – tient davantage du conte que du récit réaliste. Ainsi, sauf Esther, aucun des personnages n'est nommé. On ne les identifie que par leurs fonctions – « le peintre », « le négociant », « l'aubergiste » – et on ne sait pas grand-chose d'eux, à l'exception d'Esther. Leurs histoires sont racontées à grands traits rapides. Hormis ce qui est nécessaire à l'intrigue, elles n'intéressent pas Zweig. Nous n'apprendrons rien des activités du négociant ni de ses opinions politiques, rien non plus des raisons pour lesquelles le peintre, issu d'une famille paysanne, s'est consacré à l'art. Tout ce qui pourrait faire l'objet de digressions pour « habiller » les personnages est volontairement négligé.

En revanche, Zweig sculpte son conte de manière à le faire ressembler au tableau dont il raconte la création. Il baigne tout entier, surtout bien sûr les scènes qui se déroulent dans l'atelier du peintre, dans une atmosphère mystique où l'on peut presque entendre « les bruissements d'ailes » des anges, dont parle Zweig au moins à deux reprises. Il y a dans *Les Prodiges de la vie* quelque chose des « légendes simples et si poétiques de l'Ancien Testament » que raconte le peintre à Esther pour tenter de la convertir.

La manière dont Zweig boucle – au sens propre – sa nouvelle en faisant resurgir *in fine* un thème fort de la première partie relève également de la technique du conte et, plus encore, ce qui est précisément son propos, des contes magiques. Comment, en effet, ne pas noter l'omniprésence du thème du poignard dans la première partie – celui qui perce le cœur de la Madone du tableau, celui qui transperce la lettre que reçoit le négociant au milieu du nom de sa mère et qui, quelques heures plus tard, fait symboliquement saigner sa poitrine –, sa disparition complète dans les parties centrales de la nouvelle et, pour finir, sa réapparition dans les dernières pages avec le poignard qui transperce et Esther et les deux tableaux de l'autel ?

Un conte devrait être une matière narrative simple, dont les schémas ont été dégagés par les linguistes[1]. De fait, l'intrigue des *Prodiges de la vie*, qui progresse très naturellement au long des six parties n'a rien de compliqué. En revanche, le tissu du récit, lui, est extrêmement dense. Si l'on met de côté, pour y revenir plus loin, le thème central, celui qui donne son titre au texte, on découvre plusieurs thèmes qui, pour la plupart, réapparaîtront dans l'œuvre ultérieure de Zweig. En ce sens, *Les Prodiges de la vie*, œuvre de jeunesse, annonce déjà certaines des préoccupations durables de son auteur.

L'un des plus frappants est, bien sûr, celui de la judéité. Stefan Zweig est né dans une famille juive totalement assimilée et non pratiquante. Toute sa vie, il s'opposera au sionisme et soutiendra que les Juifs ne doivent pas se constituer en société particulière. De là, sans doute, l'ambiguïté de ses positions sur la question juive après l'arrivée de Hitler au pouvoir.

Cependant, même si Zweig n'est pas un auteur juif

1. Voir notamment le célèbre ouvrage de Vladimir Propp, *Morphologie du conte*, paru aux États-Unis en 1958.

comme peuvent l'être Isaac Bashevis Singer[1] ou Schalom Asch[2], dont l'œuvre est imprégnée de culture juive, il a au cours de sa vie écrit des textes d'inspiration hébraïque, tels *Rachel contre Dieu* (1930) ou *Le Chandelier enterré* (1937). Par ailleurs, l'une des nouvelles publiées avec *Les Prodiges de la vie*, *La Marche*, se déroule en Judée et fait le lien entre l'Ancien et le Nouveau Testament.

Cela dit, les constantes allusions à la race d'Esther : « une souffrance héréditaire et enfouie » (p. 37), « ce regard inquiet dans lequel continuait de peser la douleur profonde et voilée du peuple élu » (p. 47) et tant d'autres peuvent paraître aujourd'hui excessives voire dangereuses, éloignées en tout cas du « politiquement correct » qui est la marque de notre fin de siècle. En 1904, elles n'avaient rien de choquant. Elles s'expliquent en outre largement par l'étude que Zweig venait de consacrer à Taine qui fonde sa pensée sur l'influence de la race, du milieu et du moment.

Autre thème que Zweig explora toute sa vie, celui du mystère de la création artistique. *Les Prodiges de la vie* pourrait, si Zweig avait voulu lui donner une dimension moins métaphysique, s'appeler « Création d'un tableau ». La nouvelle dépeint en effet admirablement les phases de la création artistique, ainsi du reste que sa vanité puisqu'en définitive, l'œuvre d'art est vouée à périr.

Le tableau est une commande, passée dans la première partie du texte. L'artiste ne va donc pas travailler sous la pression de sa seule inspiration. On sait cependant le rôle important, notamment dans la peinture et la musique, qu'ont joué les commandes. L'artiste n'est pas un débutant, c'est un peintre chevronné. Mais l'inspiration tarde à venir.

Elle est stimulée par l'apparition d'Esther au début de la seconde partie. Mais même à ce moment-là, le peintre n'est pas sûr de lui. Il envisage d'abord de peindre une Annonciation, mais ce qu'il découvre chez Esther l'amène finalement à préférer une Vierge à l'enfant. Zweig montre bien les

---

1. Isaac Bashevis Singer (1904-1991), prix Nobel de littérature en 1978, la plupart de ses romans sont écrits en yiddish. — **2.** Schalom Asch (1880-1957), auteur notamment d'une trilogie *(Pétersbourg-Varsovie-Moscou)* rédigée en yiddish.

oscillations du créateur porté par un courant de fond qui lui reste indéchiffrable.

Lorsqu'il commence sa Vierge à l'enfant, il n'arrive tout d'abord pas à maîtriser son tableau. Il ne sait pas où il va. Il faut, à la quatrième partie, l'enchantement d'un jeu de lumière qui transfigure l'enfant et Esther pour que naisse enfin l'œuvre. La passion d'Esther pour le bébé, la grâce maternelle qui la transforme permettent à l'artiste d'achever son tableau. On remarquera qu'il est alors devant son œuvre tout à la fois émerveillé et plein d'angoisse une fois passée « l'ivresse créatrice ».

Zweig a écrit en 1939 un texte théorique sur les mystères de la création[1] où il essaie de comprendre le mécanisme de la création artistique. *Les Prodiges de la vie*, rédigé trente ans plus tôt est une meilleure illustration, plus poétique en tout cas, d'un processus qui a toujours fasciné Zweig.

En tant que nouvelliste et romancier, Zweig est connu comme auteur d'œuvres que l'on pourrait schématiquement qualifier de « psychologiques ». Il a du reste rendu à Freud son tribut en expliquant que sans sa découverte de la psychanalyse, il n'aurait jamais écrit son œuvre. Zweig fut également un romancier de l'âme féminine, qu'on pense à *La Peur* ou encore à *Lettre d'une inconnue*. Il le prouve dès la rédaction des *Prodiges de la vie*, à un âge où l'on pourrait légitimement penser qu'il n'avait pas une grande connaissance du cœur féminin ; il n'avait pas eu de sœurs, vivait à une époque où la mixité était inconnue et où les premiers contacts des jeunes Viennois avec les femmes, ainsi qu'il le raconte dans son autobiographie[2], se faisaient par l'intermédiaire des prostituées.

Pourtant ce récit, celui de l'éveil à la féminité d'une toute jeune fille, Esther, montre une grande finesse d'observation[3]. Pour tenir compte des conventions et pruderies de l'époque, Zweig enveloppe d'abord cet éveil dans la couverture, acceptable, de la maternité. Cependant, c'est bien

1. *Cf.* Stefan Zweig, *Essais,* « La Pochothèque », 1996, p. 999. — 2. *Cf. Le Monde d'hier*, chapitre intitulé « Eros matutinus ». — 3. Peut-être faut-il y voir l'influence qu'exerça sur lui à cette période de sa vie la pédagogue suédoise Ellen Key (1849-1926) à laquelle il envoya le recueil où figurait *Les Prodiges de la vie*, en lui recommandant tout particulièrement la lecture de cette nouvelle.

d'un éveil à la sexualité et aux sens qu'il s'agit et dont, dès la première rencontre se doute le peintre qui, en une seconde, entrevoit le destin d'Esther : « Et le peintre sentit, à une certaine tension dans ses traits, que sous cette enfant perçait déjà une de ces femmes qui vivent leurs rêves et ne font qu'un avec leurs désirs, qui s'accrochent de toutes les fibres de leur âme à ce qu'elles aiment et qui meurent lorqu'on le leur arrache. »

Esther est une adolescente sauvage, perturbée par le pogrome qui l'a enlevée à sa famille. Elle n'a jamais trouvé auprès de l'aubergiste beaucoup de compréhension. Lorsque, dans la cinquième partie, elle essaie de lui parler, Esther voit qu'« il ne trouvait rien à lui dire qui la touchât ». Elle obtient un premier réconfort auprès du peintre qui lui raconte des légendes, lui montre des images et lui offre, même si c'est dans l'espoir de la convertir, un peu de gentillesse et d'affection.

Mais c'est la nudité de l'enfant qui va provoquer le choc révélateur. D'abord contrariée, elle finit par s'attendrir et s'attacher à l'enfant. Mais cet attachement sensuel n'a rien de très maternel. Auprès de lui elle a découvert un nouveau monde. Il faut voir comment Zweig passe des notations sur l'éveil à la maternité à celles qui révèlent tout simplement qu'Esther est enfin accessible au désir. Ainsi écrit-il (p. 65), qu'elle « se sentait consumée par une soif de se donner au monde », ou encore plus loin (p. 65), que « dans ce jeu se cachait déjà le germe d'un désir plus profond et d'un plaisir plus intense » et enfin et surtout (p. 71), « sa sensibilité n'était pas celle d'une mère mais le bouillonnement de vagues pulsions érotiques ».

Ces « vagues pulsions érotiques », qui ne savent où s'orienter, tirent également la nouvelle vers le mysticisme. Chez Esther, comme chez l'admirable sainte Thérèse du Bernin[1], l'élan mystique et la volupté se ressemblent. Zweig n'écrit-il pas (p. 87) « ces longues heures où se mêlaient, de façon inquiétante, et les langueurs et la piété » ?

À l'exception de l'aubergiste, qui demande pourtant qu'on ne le prenne pas « pour un mauvais chrétien », les personnages des *Prodiges de la vie* sont des êtres religieux,

---

1. Le Bernin (1598-1680), sculpteur italien, auteur d'une *Sainte Thérèse en extase*.

voire proches du mysticisme. Quant à Esther, qui refuse d'être convertie, moins par attachement au judaïsme que par amour filial, elle verse au fur et à mesure que le tableau se compose et que grandit son affection pour l'enfant, dans une langueur mystique. P. 88, Zweig écrit, de manière un peu misogyne, que l'enfant « était pour elle, dans ses songes, Dieu et aussi le Dieu de toute femme » et encore (p. 85) que le portrait « était pour elle à la fois Dieu et l'enfant ».

Cette prégnance du mysticisme qui baigne le texte est un peu surprenante chez Zweig, plus enclin d'ordinaire à décrire les passions terrestres. Mais c'est précisément autour d'un thème métaphysique que s'articule toute la nouvelle.

Zweig a donné dans une dédicace de son recueil[1] le sens de ce qu'il avait voulu exprimer dans *Les Prodiges de la vie*. « J'ai démontré sciemment, écrit-il, dans [...] *Die Wunder des Lebens* ce que les trois autres (nouvelles du recueil de 1904) ne révélaient que par intuition : apparemment ce sont les événements qui nous éloignent en nous rapprochant les uns des autres, mais en réalité notre vie est régie par des courants plus profonds et une magie impénétrable, perceptible par les sens, infléchit notre destin quand nous croyons l'orienter nous-mêmes. »

Même si, pour une fois, le texte allemand est moins riche sémantiquement que sa traduction – les traducteurs ont rendu le mot « das Wunder » tantôt par « prodiges », tantôt par « miracles » – on peut s'amuser à compter dans le texte les occurrences des mots « prodiges » (Wunder), « miracles » (également Wunder ainsi que plusieurs composés de Wunder), ou encore des mots « mystère » (Mysterium) et « magie » (Zauber ou Magie). Ces « prodiges » et autres « miracles » ont, ainsi que les « mystères », une connotation divine, chrétienne en tout cas, tandis que la « magie » – mot qui figure dans la dédicace précitée – relève du paganisme et de la superstition.

Car en définitive, ce qui tourmente Zweig, comme le peintre, c'est de savoir si ces prodiges sont « d'origine divine ou terrestre ». Cette question parcourt la nouvelle. Ainsi, (p. 67), Zweig se demande, par l'intermédiaire de

---

1. Dédicace d'un exemplaire destiné à la bibliothèque de James Carleton Young.

l'artiste, si « des signes de Dieu traversaient [...] encore aujourd'hui le monde, ou [s'il] s'agissait [...] tout simplement des prodiges de la vie ».

En un mot, qu'est-ce qui détermine notre vie ? Dieu ou le hasard, puisque Zweig se résout (p. 93) à l'appeler par son nom : la mort d'Esther est pour le peintre au moment où il la découvre, morte, auprès de son portrait, « un prodige venant de la vie et non pas de Dieu, un hasard... rien de plus ». En effet, pour le vieux peintre qui, ayant échoué à convertir Esther, a pensé que Dieu ne voulait pas qu'elle eût la foi, mais qu'il fît son portrait, voir la main de Dieu dans cette affaire, signifie qu'Il voulait la mort d'Esther.

Le peintre en réalité ne tranche pas. Il pense que relève du miracle, et donc du divin, la transformation d'Esther en Madone au cœur transpercé. Il se refuse à admettre que Dieu ait voulu cette mort, mais en même temps « pouvait-il examiner si c'était l'œuvre de Dieu ou de la vie ? », « avait-il le droit de se rebeller contre Dieu, parce qu'il ne comprenait pas Sa nature ? ». Cependant cet homme, qu'on a vu plusieurs fois en proie à ce qui ressemble à un doute religieux, se sent « proche de cette ultime merveille [qu'on aurait peut-être dû traduire encore par "prodige"] qui n'est plus une illusion ni un rêve, mais la vérité : obscure, éternelle ». Quant à Zweig, l'incroyant et l'écrivain, c'est-à-dire rompu aux magies, il a choisi son camp en intitulant sa nouvelle *Les Prodiges de la vie*.

Isabelle HAUSSER.

REPÈRES BIOGRAPHIQUES

28 novembre 1881 – Naissance de Stefan Zweig à Vienne.

1901 – Publication de son premier recueil de poèmes *Cordes d'argent*.

1904 – Zweig termine sa thèse sur la philosophie de Taine. Publication de son premier recueil de nouvelles, *L'Amour d'Erika Ewald*, qui contient *Les Prodiges de la vie*.

1905 – Second recueil de poèmes, *Les Premières Guirlandes*.

1907 – Publication de son drame en vers, *Thersite*.

1910 – Parution de son livre sur Verhaeren.

1911 – Publication d'un nouveau recueil de nouvelles, *Première expérience*.

1913 – Zweig publie *Brûlant Secret*.

1914 – Début de la Première Guerre mondiale, Zweig est affecté au service des archives de guerre.

1917 – Parution de son drame pacifiste, *Jérémie*.

1918 – Fin de la Première Guerre mondiale. L'empire austro-hongrois disparaît.

1919 – Stefan Zweig s'installe à Salzbourg avec Friderike von Winternitz qu'il épousera l'année suivante.

1920 – Publication de *Trois Maîtres*, consacré à Dickens, Balzac et Dostoïevski, mais aussi de la nouvelle *La Peur*.

1921 – Zweig publie un essai sur Romain Rolland avec lequel il entretient depuis longtemps une correspondance régulière et qui l'a amené au pacifisme.

1922 – Parution de deux nouvelles, *Amok* et *Lettre d'une inconnue*.

1925 – Publication du *Combat avec le Démon*, biographies littéraires de Hölderlin, Kleist et Nietzsche.

1927 – Zweig publie à la fois une nouvelle, *La Confusion des sentiments* et *Les Heures étoilées de l'humanité*, qui sont de courts essais historiques.

1928 – Parution de *Trois Poètes de leur vie*, consacré à Casanova, Stendhal et Tolstoï.

1929 – Publication de sa biographie de Joseph Fouché.

1931 – Nouvelle trilogie avec *La Guérison par l'esprit*, qui regroupe des essais sur Messmer, Mary Eddy Baker et Freud.

1932 – Nouvelle biographie, *Marie-Antoinette*.

1933 – Arrivée des nazis au pouvoir. Les livres de Zweig sont brûlés. Il séjourne à Londres et hésite à émigrer.

1934 – Zweig décide d'émigrer seul en Grande-Bretagne. Publication d'*Érasme* où, de manière symbolique, il critique le nazisme.

1935 – Zweig donne des conférences en Amérique du Sud. Il publie *Marie-Stuart*, rédigé en Angleterre.

1936 – Premier voyage au Brésil. Parution de *Castellion contre Calvin*, nouvelle attaque symbolique contre le régime nazi.

1937 – Parution du *Chandelier enterré* et de *La Pitié dangereuse*. Zweig se sépare de sa femme.

1938 – Conférences aux États-Unis.

1939 – Début de la Seconde Guerre mondiale.
Zweig épouse Lotte Altmann, sa secrétaire rencontrée lors de son premier séjour à Londres.

1940 – Zweig obtient la nationalité britannique. Il émigre en Amérique.

1941 – Installation au Brésil, à Pétropolis où il rédige *Le Joueur d'échecs*, son essai sur Montaigne et termine son autobiographie, *Le Monde d'hier*.

22 février 1942 – Désespéré par l'évolution de la guerre, Zweig se suicide avec sa femme.

LES PRODIGES DE LA VIE

Giraudon.

L'Ancien Port d'Anvers, tableau attribué à Sébastien Vrancx (1573-1647), Musée Massey, Tarbes.

« Une nappe de brouillard gris s'était déposée sur Anvers, elle pesait sur la ville et l'enveloppait d'une toile épaisse. »

À mon cher ami
Hans Müller[1]

Une nappe de brouillard gris s'était déposée sur Anvers[2], elle pesait sur la ville et l'enveloppait d'une toile épaisse. Les maisons ne tardèrent pas à disparaître sous une légère vapeur et les rues se fondaient dans le vague ; mais par-dessus tout cela, on entendait un tintement, le bourdonnement d'un appel, telle la voix de Dieu à travers les nuages, car les clochers des églises, d'où provenait le son étouffé et plaintif des cloches, s'évanouissaient dans cette immense mer de brume qui submergeait la ville et la campagne et couvrait au loin, dans le port, les flots de l'océan agités de sourds grondements. Çà et là une faible lueur luttait contre la vapeur humide, cherchant à éclairer une enseigne aux couleurs criardes, mais seuls le bruit et les rires confus de voix gutturales trahissaient la présence de la taverne où s'étaient retrouvés tous ceux qui voulaient se mettre à l'abri du froid et du mauvais temps. Les rues étaient vides et, lorsqu'une silhouette passait, on eût dit une traînée fugitive qui s'évanouissait rapidement dans le brouillard. Ce dimanche matin n'était que lassitude et désolation.

Seules les cloches appelaient, elles appelaient sans trêve, comme désespérées de voir la brume étouffer leur cri. Car

---

1. Dédicace : Hans Müller (1882-1950), plus connu sous le pseudonyme de Müller-Einigen, avait été le compagnon d'études de Zweig. Il devint romancier, dramaturge et librettiste. — **2.** Aujourd'hui en Belgique ; à l'époque où se passe la nouvelle, en 1566, Anvers faisait partie des Pays-Bas espagnols qui regroupaient les Pays-Bas et la Belgique actuels. C'était alors le grand port des Pays-Bas espagnols, notamment depuis le déclin de Bruges, provoqué par son ensablement. La ville attirait de nombreux commerçants étrangers à cause de ses deux foires annuelles et de sa bourse internationale de commerce, créée en 1460.

les fidèles étaient rares ; l'hérésie étrangère[1] s'était installée dans le pays, et celui qui n'avait pas renié sa foi mettait moins d'ardeur et d'entrain à servir le Seigneur, si bien qu'un nuage de brume matinale suffisait à éloigner de nombreux croyants de leur devoir. Les vieilles femmes ratatinées qui dévidaient leur rosaire, les pauvres gens dans leurs modestes habits du dimanche semblaient perdus, sous les voûtes profondes et obscures de l'église, qu'illuminaient, telle une douce flamme, l'or éclatant des autels et des chapelles et la chasuble étincelante du prêtre. La brume paraissait avoir filtré à travers les hauts murs, car on retrouvait là l'atmosphère triste et frileuse des rues nébuleuses et abandonnées.

Le prêche matinal était lui aussi froid, rude, sans un rayon de soleil : il était consacré aux protestants et une colère sauvage le sous-tendait ; la haine s'y associait à une grande assurance, car le temps de la clémence semblait révolu et d'Espagne parvenait aux ecclésiastiques l'heureux message que le nouveau roi[2] servait les œuvres de l'Église avec une rigueur digne de louanges. Aux représentations menaçantes du Jugement dernier se mêlaient des paroles sombres de mise en garde pour les temps à venir qui, si l'assistance avait été importante, auraient peut-être résonné en s'amplifiant à travers les bancs ; mais dans ce vide obscur, dans cette atmosphère brumeuse et frémissante, elles étaient comme gelées, leur grondement tombait à plat.

Pendant le sermon, deux hommes étaient entrés rapidement par le portail principal, méconnaissables pour l'instant dans leurs larges manteaux au col relevé et avec leurs cheveux rabattus par le vent sur leur face. Le plus grand des deux se libéra d'un geste brusque de son vêtement mouillé : le visage d'un bourgeois, un visage clair, tout en rondeur, sans aucun trait saillant, parfaitement assorti au riche habit

1. Terres de transit, en cette période de Réforme, les Pays-Bas étaient gagnés par les différents courants du protestantisme. (Luthéranisme au nord et Calvinisme au sud, venu de Genève via la France.) Anvers et sa région étaient à cette époque un foyer important de la Réforme. — 2. Philippe II, fils de Charles Quint, avait succédé à son père en tant que roi d'Espagne en 1556. Les Pays-Bas, que Charles Quint avait hérités de ses ancêtres bourguignons, lui avaient été confiés dès 1555. Plus rigoureux que son père sur la question religieuse, Philippe II, catholique intransigeant, avait accentué la répression religieuse aux Pays-Bas espagnols.

Roger-Viollet

PHILIPPVS II CONINCK VAN SPAEIGNIEN.

Philippe II, roi d'Espagne (1527-1598).

« ... d'Espagne parvenait aux ecclésiastiques l'heureux message que le nouveau roi servait les œuvres de l'Église avec une rigueur digne de louanges. »

de négociant. L'autre homme était vêtu de façon plus curieuse, bien que sans extravagance : ses gestes calmes, paisibles, étaient en harmonie avec sa figure un peu rustaude, mais pleine de bonté, et la masse blanche de ses cheveux ondoyants lui conférait la douceur d'un évangéliste. Ils se recueillirent tous deux brièvement ; puis le négociant fit signe à son compagnon plus âgé de le suivre, et ils se rendirent à pas lents et feutrés dans la nef latérale ; celle-ci était presque entièrement plongée dans l'obscurité, car les cierges étaient agités et tremblaient dans cet espace humide, et l'épais nuage qui ne parvenait pas à s'éclaircir stagnait devant les vitraux colorés. Le négociant s'arrêta en face de l'une des petites chapelles latérales qui contenaient le plus souvent les dons et les ex-voto[1] des vieilles familles de propriétaires et, désignant de la main l'un des petits autels, il dit brièvement : « C'est ici. »

L'autre s'approcha et fit un écran de sa main pour mieux scruter la pénombre. Un coin de l'autel était occupé par un tableau lumineux dont les teintes semblaient devenir encore plus tendres dans l'obscurité, et, qui captiva aussitôt le regard du peintre. C'était une Madone au cœur transpercé d'un glaive, une œuvre empreinte de douleur et de tristesse d'où se dégageait pourtant une atmosphère de paix et de réconciliation. Marie présentait un visage étrangement doux, elle n'était pas tant la mère de Dieu qu'une jeune fille resplendissante et rêveuse, effleurée par une pensée douloureuse qui lui retire un peu de son enjouement, de son insouciance, de sa grâce souriante. Une masse épaisse de cheveux noirs encadrait délicatement une figure étroite, pâle, d'où ressortait la pourpre de lèvres brûlantes comme une plaie.

Les traits étaient d'une finesse merveilleuse, et bien des lignes, tel l'arc étroit et sûr des sourcils, conféraient un air presque sensuel et une beauté espiègle à ce tendre visage, dont les yeux sombres et pensifs semblaient rêver à un autre monde, plus coloré et plus suave, auquel la peur et la souffrance les avaient arrachés. Les mains étaient jointes, délicatement et avec résignation, et la poitrine paraissait encore frémir de peur sous le contact froid du glaive, le long duquel

1. Du latin « ex voto suscepto », « suivant le vœu fait ». Il s'agit de plaques apposées sur le mur des églises à la suite d'un vœu ou en mémoire d'une grâce obtenue.

on voyait la trace sanglante de la blessure. Tout cela baignait dans un éclat surnaturel, la tête était nimbée d'or et de feu, et le cœur lui-même ne suggérait pas l'image du sang chaud, bouillonnant, il brûlait d'une lumière toute mystique, tel un calice[1], dans la lueur colorée des vitraux éclairés par le soleil. Et la clarté vaporeuse de l'aube achevait de retirer toute apparence terrestre à ce tableau, si bien que l'auréole au-dessus de cette douce tête de jeune fille brûlait d'un éclat qui évoquait celui de la transfiguration[2].

C'est presque avec violence que le peintre s'arracha à sa contemplation émerveillée.

– Ce n'est pas quelqu'un de chez nous qui a peint cela.

Le négociant fit un signe d'approbation.

– C'était un Italien. Un jeune peintre. Mais c'est une longue histoire. Je vais vous la raconter depuis le commencement, et c'est vous-même, comme vous le savez, qui devrez l'achever. Mais regardez : le sermon est terminé, nous allons chercher pour ce récit un autre endroit que cette église, même si c'est à elle que seront destinés nos efforts et notre œuvre commune. Partons !

Le peintre demeura encore quelques instants immobile, hésitant, avant de se détourner du tableau qui paraissait devenir de plus en plus lumineux au fur et à mesure que l'obscurité tendait à se dissiper, et que la brume se parait de reflets de plus en plus dorés autour des vitraux. Il avait l'impression que s'il restait là, plongé dans une contemplation recueillie, le pli délicatement douloureux de ces lèvres d'enfant se perdrait dans un sourire et qu'une nouvelle grâce lui serait révélée. Cependant son compagnon était déjà loin et il dut accélérer le pas pour le rejoindre près du portail. Ils sortirent de l'église ensemble, comme ils y étaient entrés.

Le lourd manteau de brume qui recouvrait la ville en cette matinée de début de printemps s'était transformé en un voile pâle, argenté, qui restait accroché comme une dentelle aux pignons des toits. Les pierres serrées du pavé humide brillaient ainsi que de l'acier, et on commençait à y voir les

---

1. Vase sacré où se fait la consécration du vin pendant la messe. — **2.** Changement survenu dans l'apparence du Christ devant les apôtres Pierre, Jacques et Jean sur une montagne qu'on pense être le mont Thabor (*cf.* Matthieu 17-1, Marc 9.2-9 et Luc 9.28-36). Selon ces trois évangiles, le visage et les vêtements du Christ devinrent blancs comme la lumière.

premiers reflets dorés du soleil. Les deux hommes parcouraient les rues étroites et tortueuses en direction du port, plus lumineux, près duquel habitait le négociant. Et comme ils marchaient sans hâte, perdus dans leurs pensées et dans leurs souvenirs, l'histoire du négociant parut les amener plus vite à destination que leurs pas lents et rêveurs.

– Je vous ai déjà raconté, commença-t-il, que dans ma jeunesse je me trouvais à Venise[1]. Et pour dire les choses simplement : je ne vivais pas de façon très chrétienne. Au lieu d'administrer le magasin de mon père, je fréquentais les tavernes en compagnie des jeunes gens qui passent là toute la sainte journée à mener joyeuse vie ; je buvais, je jouais, je connaissais déjà plus d'une chanson hardie, plus d'un juron sanglant que je lançais d'un bout à l'autre de la table d'une voix tonitruante, tout comme les autres. Je ne pensais pas à rentrer au pays. Je prenais l'existence à la légère, de même que les lettres de plus en plus pressantes et menaçantes que m'envoyait mon père : on me connaissait ici et on l'avait prévenu que la vie dissolue que je menais finirait par me dévorer. Je me contentais d'en rire ; non sans éprouver parfois quelque contrariété ; mais une rapide gorgée de vin sombre et doux suffisait à dissiper toute amertume ou, sinon, c'était le baiser d'une fille. Je décachetais les lettres d'un geste brutal et ne tardais pas à les déchirer : j'étais la proie d'une ivresse mauvaise, je pensais ne plus jamais m'en sortir. Pourtant, un soir, je redevins entièrement libre. Ce fut très étrange, et aujourd'hui encore j'ai parfois l'impression que ce fut à l'évidence un miracle qui m'ouvrit la voie. Je me trouvais dans ma taverne : je la revois, avec son atmosphère enfumée et mes compagnons de beuverie. Il y avait aussi des filles, et l'une d'elles était très belle ; nous fûmes rarement plus déchaînés que lors de cette nuit-là, qui était orageuse et très inquiétante. Soudain, alors qu'une histoire licencieuse venait de provoquer des rires tonitruants, mon domestique entra et me remit une lettre qui avait été apportée par le courrier de Flandre[2]. Je fus très contrarié, car je ne voyais les lettres de mon père

1. Au XVIe siècle, des liens commerciaux assez étroits existaient entre les grandes villes des Pays-Bas et les riches cités italiennes. Depuis le XIVe siècle, Anvers accordait des privilèges aux marchands italiens. — 2. Région qui, actuellement, s'étend entre la France et la Belgique, le

qu'avec déplaisir ; elles me rappelaient en effet sans répit à mon devoir et à une conduite chrétienne, deux choses que j'avais depuis longtemps noyées dans le vin. Je voulus la prendre : à cet instant, l'un de mes compagnons de beuverie – un beau garçon, adroit et passé maître dans tous les arts de la chevalerie – bondit de sa chaise. « Laisse donc ces prédictions de malheur ! En quoi cela te concerne-t-il ? » s'écria-t-il, et il jeta la lettre en l'air, dégaina rapidement son épée et ficha avec adresse le papier dans le mur, si profondément que la lame bleue et souple s'infléchit. Il la retira avec précaution – la lettre non décachetée resta fixée. « Et voilà la chauve-souris collée », dit-il en riant. Les autres applaudirent, les filles se précipitèrent joyeusement vers lui, on but à sa santé. Je riais aussi, je buvais avec les autres, je me forçais à une gaieté délirante dans laquelle j'oubliai la lettre, mon père, Dieu et moi-même. Nous nous rendîmes – sans que j'aie eu une pensée pour cette missive – dans une autre taverne où notre exubérance tourna à la folie. Jamais je n'avais été aussi ivre et une des filles était belle comme le péché.–

Le négociant s'arrêta malgré lui et passa plusieurs fois sa main sur son front, comme s'il voulait chasser une image désagréable. Le peintre comprit vite à quel point ces souvenirs lui étaient pénibles et, au lieu de le regarder, il feignit de considérer avec intérêt un galion[1] qui s'approchait à pleines voiles du port, ce grouillement coloré où les deux hommes avaient fini par arriver. Le silence ne fut pas long et le négociant reprit avec précipitation son récit.

– Vous pouvez imaginer la suite. J'étais jeune et ému, la fille belle et effrontée. Nous partîmes ensemble, et j'étais plein de fièvre et de désir. Mais il se produisit un phénomène étrange. Lorsque je reposai dans ses bras lascifs et que sa bouche se pressa contre la mienne, cette caresse fut loin de me procurer une jouissance sauvage, que j'eusse volontiers payée de retour ; au contraire, par une sorte de miracle, ces lèvres me rappelèrent la douceur des baisers que nous échangions le soir dans la maison de mes parents.

---

long de la mer du Nord jusqu'à l'embouchure de l'Escaut à Anvers. À l'époque, elle était incorporée aux Pays-Bas espagnols.

1. Grand bateau qui servait au commerce entre l'Espagne et l'Amérique du Sud et notamment au transport de l'or.

D'un seul coup, dans les bras de cette fille – cela tint du prodige – je me souvins de la lettre de mon père, cette lettre froissée, transpercée, que je n'avais pas lue, et j'eus l'impression que ma poitrine saignait sous le coup porté par mon compagnon. Je me levai si brusquement et j'étais si pâle que la fille me demanda, avec un regard effrayé, ce qui m'arrivait. Mais j'avais honte de cette peur insensée ; j'avais honte aussi de cette créature inconnue dont j'avais partagé le lit et goûté la beauté, et je ne voulus pas lui confier l'idée folle qui venait de me traverser l'esprit. Mais au cours de cette minute ma vie entière s'est trouvée transformée et aujourd'hui, tout comme alors, je pressens que seule la grâce de Dieu peut agir de la sorte. Je lui jetai de l'argent, qu'elle prit avec répugnance, parce qu'elle craignait que je ne la méprise, et elle me traita de fou d'Allemand[1]. Mais je n'entendais plus rien ; je partis en courant dans la nuit froide et pluvieuse, et j'appelai une gondole, emplissant de mes cris désespérés l'obscurité des canaux. Il en vint enfin une, dont je dus payer la course à prix d'or ; mon cœur battait, en proie à une peur subite, inexorable, incompréhensible, et je ne pensais à rien d'autre qu'à la lettre qu'un miracle avait si brusquement rappelée à mon souvenir. Lorsque je parvins près de la taverne, l'envie de lire ces lignes s'empara de moi, semblable à une fièvre dévorante ; comme un fou, je me précipitai à l'intérieur, sans prêter attention aux appels étonnés et joyeux de mes compagnons, je sautai sur une table dans un grand tintement de verres, détachai la lettre du mur et me remis à courir, sans me préoccuper du déchaînement de rires moqueurs et des imprécations derrière moi. Au premier coin de rue, je la dépliai, les mains tremblantes. La pluie tombait à torrents du ciel couvert de nuages, et le vent cherchait à me ravir la feuille des mains. Mais je ne lâchai pas prise avant d'avoir tout déchiffré, malgré l'eau qui ruisselait de mes yeux. Le contenu était bref : ma mère était très gravement malade et je devais rentrer à la maison. Aucun mot de blâme ni de

1. Vraisemblablement, la jeune Vénitienne ne fait pas la différence entre la Flandre et l'Allemagne dont les langues sont voisines et, pour elle, identiques. En outre le récit du négociant nous ramène vingt ans en arrière, époque à laquelle Charles Quint régnait encore et où les Pays-Bas étaient liés au Saint Empire romain germanique.

reproche cette fois-ci. Mais combien cuisante fut la honte que j'éprouvai au plus profond de moi lorsque je remarquai que la lame de l'épée était passée juste au travers du nom de ma mère...

– Un miracle, un signe manifeste, qui ne peut pas être compris par tout le monde, mais par celui seul pour qui il s'est produit, murmura le peintre, tandis que son compagnon, profondément ému, avait sombré dans le silence. Pendant un moment ils marchèrent côte à côte sans dire un mot. On voyait déjà au loin, de l'autre côté du port, étinceler la somptueuse maison du négociant. Lorsqu'en levant les yeux ce dernier l'aperçut, il reprit à la hâte :

– Permettez-moi d'être bref, permettez-moi de me taire sur la douleur et le remords proche de la folie que je connus cette nuit-là. Laissez-moi vous dire simplement que le lendemain matin me vit à genoux sur les marches de l'église Saint-Marc[1], où, dans une prière fervente, je promis un autel à la mère de Dieu si elle me donnait la possibilité de revoir ma mère et de recueillir son pardon. Je partis le jour même, je passai des heures, des jours, dans la désolation et la peur jusqu'à mon arrivée à Anvers où je me précipitai, en proie à un désespoir sauvage, vers la maison de mes parents. Ma mère se tenait sur le pas de la porte, vieillie et pâle, mais bien portante. À ma vue, elle déborda de joie et me tendit les bras, et je me soulageai en pleurant contre son cœur du souci de tant de journées et de la honte de tant de nuits dilapidées. Depuis, ma vie a changé, je crois pouvoir dire qu'elle est bonne. Ce que j'avais de plus cher, cette lettre, je l'ai enfouie sous la première pierre de cette maison, que j'ai construite de mes mains, et j'ai cherché à respecter mon vœu. Peu après mon arrivée, je fis élever l'autel que vous avez vu et je mis tout en œuvre pour l'orner ainsi qu'il le méritait. Mais, comme j'ignorais tout des secrets qui vous permettent d'évaluer votre art, et que je voulais consacrer un tableau digne d'elle à la mère de Dieu qui avait miraculeusement exaucé ma prière, j'écrivis à un ami fidèle à Venise et lui demandai de m'envoyer le meilleur peintre qu'il connaisse, afin qu'il achève dignement cette entreprise chère à mon cœur.

---

1. La basilique Saint Marc, église la plus connue de Venise, ouvre sur la place qui porte le même nom.

« Des mois s'écoulèrent. Un jour, je vis un jeune homme devant ma porte ; il se réclamait de mon ami et me transmit ses salutations et une lettre de lui. Le peintre italien, dont le visage étonnant, étrangement triste, est encore bien présent à ma mémoire, ne ressemblait en rien aux compagnons bruyants et hâbleurs de mes beuveries vénitiennes. On l'aurait pris plutôt pour un moine que pour un peintre, car sa longue silhouette était vêtue de noir, ses cheveux étaient ordonnés avec simplicité et son visage avait cette pâleur empreinte de spiritualité que confèrent les veilles et l'ascèse[1]. La lettre ne fit que confirmer cette impression favorable, tout en dissipant mes hésitations dues à la jeunesse de ce peintre ; en Italie, m'écrivait mon ami, les vieux maîtres sont plus fiers que des princes, et il est difficile, même avec l'offre la plus séduisante, de les éloigner de leur pays où ils sont entourés par leurs amis et par les femmes, par les princes et par le peuple. Seul le hasard avait désigné ce jeune maître : son désir de quitter l'Italie, pour une raison inconnue de lui, avait été plus impérieux que toutes les offres d'argent, car on connaissait là-bas aussi la valeur de ce jeune peintre et on savait lui rendre honneur.

« L'homme qui m'était envoyé était un homme calme, taciturne. Je n'ai jamais rien appris sur sa vie ; je compris simplement, à partir de vagues allusions, qu'une femme très belle avait joué un rôle douloureux dans son destin et qu'il avait quitté le sol natal à cause d'elle. Et, bien que je n'en aie aucune preuve, et qu'une telle conduite me semble indigne d'un chrétien, hérétique, je pense que ce portrait que vous avez vu, qu'il a peint de mémoire, sans peine et sans préparation, en l'espace de quelques semaines, représente la femme qu'il a aimée. Car, chaque fois que je venais le voir, je le trouvais en train de reprendre toujours le même visage, ce doux visage que vous avez vu, ou perdu rêveusement dans sa contemplation. Et lorsque, l'œuvre une fois achevée, redoutant en secret qu'il eût commis un sacrilège en donnant à la mère de Dieu les traits d'une fille, je lui prescrivis de choisir un autre modèle pour le deuxième tableau, il resta muet. Et le lendemain, quand je vins le trouver, il était parti sans un mot d'adieu. Je me faisais

1. Exercices physiques et moraux pratiqués par mépris du corps et dans le but d'en affranchir l'esprit.

scrupule d'orner l'autel avec ce portrait, mais le prêtre que j'interrogeai à ce sujet me le permit sans la moindre hésitation...

– Et il a eu raison, dit le peintre en intervenant avec une certaine émotion. Car comment pourrions-nous peindre la grâce et la beauté de Notre-Dame si ce n'est en nous inspirant de la beauté de chacune des femmes que nous rencontrons ? N'avons-nous pas été formés à l'image de Dieu, et ne faut-il pas, pour représenter la perfection suprême, que la créature la plus achevée soit un reflet, même terne, de l'invisible ? Voyez ! Moi que vous destinez à réaliser le deuxième tableau, je suis de ces malheureux qui sont incapables de peindre sans le secours de la nature, qui, n'ayant pas le don de créer à partir d'eux-mêmes, doivent laborieusement copier la réalité pour accomplir leur œuvre. Ce n'est pas ma bien-aimée que je choisirais pour donner à la mère de Dieu une apparence digne d'elle, car ce serait un péché de voir l'Immaculée Conception[1] sous les traits d'une pécheresse ; mais je me mettrais en quête de la beauté et je représenterais celle dont le visage se rapprocherait le plus pour moi de celui de la Sainte Vierge, telle que je l'ai aperçue dans mes rêves pieux. Et, croyez-moi, les traits d'un pécheur, si vous les reproduisez en vous abandonnant totalement à votre foi, perdent toute impureté, toute trace de convoitise et de péché ; et même, le charme de cette pureté merveilleuse continue souvent d'agir sur le visage des femmes de ce monde et de le marquer. Je pense avoir vu personnellement plus d'une fois ce miracle.

– En tout cas, j'ai confiance en vous. Vous êtes un homme mûr qui a beaucoup vécu et souffert, et puisque cela ne vous paraît pas répréhensible...

– Au contraire ! Je trouve cela louable, et seuls les protestants et autres sectaires fulminent contre la décoration de la maison de Dieu[2] !

---

1. Nom donné à la Vierge en référence au fait qu'elle aurait été conçue par une mère encore Vierge, de même qu'à son tour, elle conçut le Christ de manière virginale. — 2. Annonce de la fin de la nouvelle. Certains réformateurs, tel Calvin, étaient opposés à la présence des images dans les églises parce qu'elles encourageaient la superstition, contrairement à Luther qui, après avoir hésité, leur reconnut une valeur pédagogique. D'autres théologiens de la Réforme, dont Karlstadt (1480-1541), étaient même favo-

– Sur ce point, vous avez raison. Cependant, je vous en prie, commencez au plus vite, car ce vœu non respecté brûle en moi comme un péché. Pendant vingt ans je n'ai pas pensé à ce deuxième tableau : ce n'est que récemment, en voyant l'expression tourmentée de ma femme pleurant au chevet de mon enfant malade, que j'ai ressenti cette faute et renouvelé mon vœu. Et, vous le savez, cette fois encore la mère de Dieu a accompli une guérison miraculeuse, là où tous les médecins, désespérés, avaient abandonné. Je vous en prie, ne tardez pas à vous mettre à l'ouvrage.

– Je ferai ce que je pourrai ; mais je vous le dis franchement : presque aucune tâche au cours de ma longue carrière ne m'a semblé aussi difficile, car, si elle ne doit pas apparaître comme la composition superficielle d'un barbouilleur à côté du tableau de ce jeune maître – sur le travail duquel je souhaiterais en savoir davantage –, il faut que la main de Dieu m'assiste.

– Il ne fait jamais défaut à ses fidèles. Adieu ! Et mettez-vous hardiment à la tâche ! J'espère que vous viendrez bientôt m'apporter de bonnes nouvelles.

Devant sa porte, le négociant donna au peintre une poignée de main chaleureuse et son regard confiant rencontra des yeux d'un bleu si clair dans ce visage anguleux, à la rudesse germanique, qu'ils évoquaient un lac de montagne lumineux entouré de pics rongés par le temps et de rochers abrupts. L'artiste avait une réplique sur le bord des lèvres, mais il la ravala avec courage et serra énergiquement la main tendue. Les deux hommes se séparèrent dans une profonde compréhension mutuelle.

Le peintre longea lentement le port, comme il y était accoutumé lorsque le travail ne le contraignait pas à rester chez lui. Il aimait ce spectacle tumultueux, riche en couleurs, cette activité intense qui ne cessait jamais, et parfois il s'asseyait sur une bitte d'amarrage, le temps de croquer sur le vif la posture étrange d'un travailleur courbé sur sa tâche et pour arracher quelques secrets à l'art difficile du raccourci. Il n'était pas gêné par les appels bruyants des matelots, par le roulement des voitures, ni par la mer qui se jetait contre le rivage avec un balbutiement monotone ; il

---

rables à leur destruction immédiate. Ces divergences de vue sont à l'origine de ce que l'on a appelé « la Querelle des images ».

était doté de ce regard qui, s'il ne reflète pas avec éclat quelque vision intérieure, reconnaît cependant dans tous les êtres vivants – si anodins que soient leurs gestes – le rayon de lumière capable d'illuminer une œuvre d'art. C'est pourquoi il allait toujours là où la vie débordait le plus de couleurs et où elle exhalait une abondance troublante d'attraits divers ; il se promenait parmi les marins d'un pas lent, l'œil aux aguets, sans que personne osât se moquer de lui, car, parmi la foule bruyante et oisive qui se rassemble dans un port – de même que les coquillages vides et les pierres concassées jonchent un rivage –, il attirait l'attention par la tranquillité de son comportement et par son air vénérable.

Mais cette fois-ci il abandonna vite ses recherches. L'histoire du négociant l'avait touché au plus profond de lui-même parce qu'elle lui avait un peu rappelé son destin personnel, et même la magie de l'art, d'ordinaire si puissante, ne remplissait pas aujourd'hui son office. Sur tous les visages de femmes, fussent-elles de lourdes poissonnières, il retrouvait le doux éclat du tableau de la Vierge peint par le jeune maître. Il marcha un moment, indécis, plongé dans ses rêveries, suivant la foule endimanchée ; mais bientôt il ne chercha plus à résister à l'envie qui le poussait et, à travers le réseau obscur des rues tortueuses, il se dirigea à nouveau vers l'église, vers le portrait merveilleux de cette femme aux traits si suaves.

Quelques semaines s'étaient écoulées depuis cet entretien au cours duquel le peintre avait promis à son ami d'exécuter le tableau destiné à l'autel de la Madone, et la toile vierge continuait de regarder avec reproche le vieux maître qui en vint presque à la redouter ; il préférait désormais passer son temps dans les rues afin de ne pas devoir subir cette cruelle exhortation, ce reproche muet pour son manque de courage. Dans cette vie extrêmement active – trop occupée peut-être pour autoriser une remise en question – un tournant s'était produit le jour où le peintre avait découvert le tableau du jeune maître ; l'avenir et le passé s'étaient brusquement ouverts devant lui et le fixaient comme un miroir vide, envahi par l'obscurité et l'ombre. Or, il n'est rien de plus effroyable que le frisson ressenti par une vie qui, après avoir avancé avec courage, et comme elle aperçoit déjà la dernière crête à escalader, est envahie soudain par la peur d'avoir fait fausse route et perd alors la force d'accomplir les derniers pas en avant, pourtant les plus faciles. D'un seul coup, le peintre, qui avait déjà exécuté dans sa vie plusieurs centaines de tableaux religieux, eut l'impression qu'il ne saurait plus jamais représenter la face d'un être humain de telle sorte qu'elle lui paraisse à lui-même digne de figurer la divinité. Il avait recherché toutes sortes de femmes, de celles qui vendaient leur visage le temps qu'on le copie, de celles qui vendaient leur corps, des femmes de bourgeois et de douces jeunes filles dont les traits avaient l'éclat ardent de la pureté intérieure ; mais chaque fois qu'elles se trouvaient devant lui et qu'il voulait poser le premier coup de pinceau, il ressentait à quel point elles étaient humaines. Sous la blondeur de l'une il voyait la nonchalance et la gourmandise, chez l'autre le désir effréné mais contenu, de se livrer aux joies de la lutte amoureuse ; il devinait le vide que recouvraient les fronts lisses, étroits et rayonnants des jeunes filles, et il était effrayé par la démarche vulgaire et le roulement de hanches dévergondé des prostituées. Le monde lui apparut d'un seul coup insignifiant, peuplé de tous ces gens qu'il voyait autour de lui : comme si le souffle de la divinité s'était éteint, étouffé par les chairs épanouies de ces femmes sensuelles qui ignoraient tout de la virginité mystique et des doux frissons qu'on éprouve à s'abandonner dans une pureté totale aux rêves d'un autre monde. Il avait honte d'ouvrir les cartons qui contenaient ses propres travaux, car il avait l'impression de s'être lui-même comme éloigné de la terre et d'avoir naguère péché en choisissant, pour représenter les servantes du Christ et ses martyrs, des maritornes[1] et de grossiers paysans. Des nuages de plus en plus lourds assombrissaient son humeur. Il se revoyait, jeune valet de ferme, marchant derrière la lourde charrue de son père, bien avant qu'il ne se soit enfui vers l'art, et enfonçant de ses mains rudes de paysan la herse dans la terre noire ; et il se demandait s'il n'aurait pas mieux fait de semer du blé doré et d'assurer à des enfants une existence protégée, plutôt que de chercher à s'attaquer de ses doigts

---

1. Se dit d'une femme laide et malpropre. Le mot est une déformation de Malitorne, qui est le nom d'une servante repoussante dans *Don Quichotte*.

malhabiles à des secrets et à des signes qui ne lui étaient pas destinés. Sa vie entière lui semblait ébranlée par cette découverte fugitive, par un tableau qui flottait à travers ses rêves et qui faisait la joie et la torture de ses moments de veille. Car il ne lui était plus possible dans ses prières de ressentir la mère de Dieu autrement qu'à travers cette œuvre qui en était un portrait si plein de grâce, et pourtant si éloigné de la beauté de toutes les femmes de ce monde qu'il avait rencontrées, si radieux dans l'éclat de son humilité féminine touchée par la divinité. À la lumière trompeuse du souvenir, l'image de toutes les femmes qu'il avait aimées se fondit dans cette créature merveilleuse. Et lorsqu'il tenta, pour la première fois, de ne plus prendre des modèles sur le vif, mais de peindre une Madone d'après cette vision qui l'habitait, une Vierge à l'enfant souriant doucement et plongée dans une félicité sans nuages, la main qui tenait le pinceau retomba sans force, comme paralysée. Car la source tarissait ; ses doigts, d'ordinaire habiles à exprimer ce que ses yeux voulaient dire, semblaient impuissants face à ce rêve lumineux que son regard intérieur voyait clairement, comme peint sur un mur. Il était consumé par le sentiment douloureux de son incapacité à transposer dans la réalité le plus beau et le plus constant de ses rêves, si la réalité elle-même, avec son infinie richesse, ne lui venait pas en aide. Et il se demandait avec inquiétude si, dans ces circonstances, il pouvait encore se considérer comme un artiste, et si, tout au long de sa vie, il n'avait pas simplement été un artisan laborieux qui s'était contenté de juxtaposer des couleurs, ainsi qu'un charretier apporte les pierres nécessaires à la construction d'un édifice.

Cette torture qu'il s'infligeait à lui-même ne lui laissait pas un seul jour de répit et le poussait avec une force irrésistible à quitter son atelier, où la toile vide et le matériel soigneusement préparé le persécutaient, telles des voix sarcastiques. Il voulut plus d'une fois confesser sa détresse au négociant ; mais il redoutait que cet homme, malgré sa piété et sa bienveillance, ne le comprenne jamais tout à fait et ne voie là qu'une grossière dérobade, et non son impuissance à entreprendre une œuvre, alors qu'il en avait déjà accompli tant, à l'approbation générale des peintres et des profanes. Et ainsi il errait sans répit, désemparé, à travers les rues, pris d'un effroi secret chaque fois que, sous l'effet du hasard ou d'une magie cachée, sa déambulation rêveuse s'achevait devant cette église, comme s'il était attaché à ce tableau par un lien invisible ou par une force divine qui régissait son âme, même en rêve. Il entrait parfois, avec l'espoir secret qu'il pourrait découvrir un défaut, une imperfection, et que ce charme puissant serait rompu ; mais, parvenu devant la création du jeune maître, il oubliait entièrement d'en jauger d'un œil envieux les qualités artistiques et techniques ; il avait au contraire l'impression qu'elle le transportait dans un bruissement d'ailes jusqu'aux sphères élevées d'une jouissance et d'une vision plus douces et plus radieuses. Ce n'est qu'au moment où il quittait l'église et où il commençait à penser à lui-même et à ses propres peines qu'il retrouvait l'ancienne douleur, deux fois plus aiguë.

Un après-midi, alors qu'il errait à nouveau à travers les rues lumineuses, il sentit que les doutes qui le torturaient s'apaisaient. Du sud parvenaient les premiers souffles d'un vent printanier qui renfermait non pas certes la chaleur, mais la clarté porteuse de renouveau. Pour la première fois, il sembla au peintre que la grisaille dont il avait revêtu le monde sous l'effet de son propre tourment se dissipait et que la grâce de Dieu murmurait dans son cœur, comme toujours lorsque le miracle de la résurrection[1] s'annonçait par des signes fugitifs. Un clair soleil de mars faisait briller tous les toits et les rues, les banderoles flottaient, multicolores, dans le port dont l'eau bleue apparaissait entre les bateaux qui se balançaient doucement, et la ville, toujours bruyante, était remplie d'un bourdonnement semblable à un chant d'allégresse. Une patrouille de cavaliers espagnols[2] traversait la place au trot ; au lieu de leur lancer des regards hostiles comme à l'accoutumée, on se réjouissait aujourd'hui des reflets du soleil sur leurs armures et sur leurs casques resplendissants. Sous les coiffes blanches des femmes que le vent espiègle relevait apparaissaient des visages frais et colorés ; le pavé résonnait du bruit sec des

---

1. On approche de Pâques. Il s'agit pour le peintre de la Résurrection du Christ autant que de celle de la nature apportée par le printemps. — **2.** Lors de son accession au pouvoir, Philippe II avait ordonné l'installation aux Pays-Bas de troupes espagnoles et ce, malgré l'opposition de la population (d'où les « regards hostiles » à la ligne suivante).

sabots des enfants qui se tenaient par la main et dansaient une ronde en chantant.

Même dans les rues du port, d'ordinaire si sombres, vers lesquelles se dirigeait maintenant le promeneur à l'humeur de plus en plus joyeuse, vacillait une faible lueur, semblable à des gouttes de lumière. Le soleil ne parvenait pas à montrer entièrement sa face étincelante à travers les toits à gâbles[1] qui s'avançaient, serrés les uns contre les autres et dont l'apparence noire et froissée évoquait les très anciennes coiffes de petites vieilles constamment occupées à bavarder. Mais cette lumière miroitante se transmettait d'une fenêtre à l'autre, comme si des mains scintillantes la saisissaient et se la lançaient dans un jeu exubérant. En plus d'un endroit, cette lumière restait tranquille et douce, semblable à un œil rêveur aux premières heures du crépuscule. Car en bas, la rue était plongée dans l'obscurité, une obscurité qui stagnait là depuis des années, et n'était que rarement recouverte en hiver d'un manteau de neige. Et ceux qui y habitaient portaient dans leurs yeux l'ennui et la tristesse de ce perpétuel crépuscule ; seuls les enfants, dont l'âme aspirait à la lumière et à la clarté, se laissaient séduire en toute confiance par ce premier rayon printanier ; ils jouaient, légèrement vêtus, sur le pavé sale et inégal, ravis, dans leur inconscience, par l'étroite bande bleue qui se faufilait entre les toits et par les volutes dorées et dansantes du soleil.

Le peintre marchait, marchait, sans ressentir de fatigue. C'était comme s'il participait lui aussi secrètement à cette allégresse, comme si l'éclat fugitif de chaque étincelle de soleil était un rayon de la grâce divine qui parvenait à son cœur. Toute amertume avait disparu de son visage pénétré d'une lumière si douce et si apaisante que les enfants levaient les yeux, surpris, au milieu de leurs jeux et le saluaient avec respect, croyant avoir affaire à un prêtre. Il marchait, marchait, sans but ni dessein, car ses membres obéissaient à l'impulsion toute nouvelle du printemps, de même que les bourgeons pleins de vigueur cognent contre l'écorce des vieux arbres qui craquent pour qu'elle les laisse s'épanouir au grand jour. Sa démarche était aussi joyeuse et légère que celle d'un jeune homme ; elle semblait devenir

1. Pignon décoratif sur la façade des maisons, conforme à l'architecture dans cette partie de l'Europe.

plus alerte, plus vive, et, bien qu'il cheminât déjà depuis des heures, il avançait d'un pas souple et rapide.

Soudain le peintre s'arrêta, comme pétrifié, et mit sa main devant ses yeux pour les protéger, ainsi qu'une personne blessée par un éclair ou par quelque événement effrayant et incroyable. Alors qu'il regardait une fenêtre baignée de soleil, ses yeux venaient d'être frappés de plein fouet par la réverbération de la lumière. Et à travers ce nuage de pourpre et d'or avait surgi, se détachant sur le voile écarlate mouvant, une apparition étrange, un prodigieux miracle : la Madone du jeune peintre, inclinée en arrière avec une expression rêveuse et légèrement douloureuse, comme sur le tableau. Il frémit, la peur cruelle de la déception se mêla en lui au frisson d'ivresse bienheureuse d'un homme touché par la grâce, à qui la vision merveilleuse de la mère de Dieu n'est pas apparue dans l'obscurité d'un rêve, mais en plein jour, miracle dont beaucoup ont témoigné, mais auquel peu ont vraiment assisté. Il n'osait pas encore relever les yeux, parce qu'il ne se sentait pas assez fort pour porter sur ses épaules tremblantes l'instant bouleversant et fatal du verdict, parce qu'il redoutait que cette seconde à elle seule ne broie son existence de façon encore plus terrible que ne l'avait fait la torture impitoyable à laquelle le soumettait l'abattement de son cœur. C'est seulement au moment où son pouls redevint plus lent et plus calme, et où il n'en ressentit plus le martèlement douloureux dans sa gorge, qu'il se ressaisit ; il leva alors avec lenteur les yeux, en les protégeant de sa main tremblante, vers la fenêtre dans l'encadrement de laquelle il avait vu cette image si séduisante.

Il s'était trompé. Ce n'était pas le modèle du tableau du jeune maître. Mais sa main n'en retomba pas pour autant découragée. Car ce qu'il aperçut lui sembla un autre miracle, mais un miracle beaucoup plus charmant, plus doux et plus humain qu'une apparition divine survenant dans la lumière fulgurante d'un moment de grâce. Cette jeune fille pensive accoudée à l'appui étincelant de la fenêtre ne ressemblait que de loin, de très loin, au portrait de l'autel : son visage était également encadré de boucles noires et sa beauté avait la même pâleur mystérieuse et fantastique ; mais ses traits étaient plus durs, plus tranchants, presque courroucés, et le contour de sa bouche exprimait une colère rebelle, pleine de larmes, que ne parvenait même pas à atténuer l'expression perdue de ses yeux rêveurs, où se lisait une tristesse ancienne et profonde. Cette inquiétude refrénée avec peine recouvrait à la fois une espièglerie enfantine et une souffrance héréditaire et enfouie[1]. Il y avait dans son immobilité un calme qui pouvait à tout moment se transformer en emportement, quelque chose d'étrange, de fantastique qu'une douce rêverie ne parvenait pas à dissimuler ; et le peintre sentit, à une certaine tension dans ses traits, que sous cette enfant perçait déjà une de ces femmes qui vivent leurs rêves et ne font qu'un avec leurs désirs, qui s'accrochent de toutes les fibres de leur âme à ce qu'elles aiment et qui meurent lorsqu'on le leur arrache. Mais ce qui le surprit, plus encore que la singularité, l'étrangeté de ce visage, ce fut ce miracle de la nature qui, dans les reflets de la fenêtre, faisait resplendir derrière la tête de la jeune fille les feux du soleil ainsi qu'une auréole autour de ses cheveux noirs et bouclés, étincelants comme un métal noir. Et il crut voir la main de Dieu qui lui désignait ainsi le moyen d'accomplir son œuvre d'une manière satisfaisante et honorable.

Un charretier heurta brutalement le peintre perdu dans sa contemplation au beau milieu de la rue. « Tudieu ! Ne pouvez-vous pas faire attention ? Ou bien la belle Juive a-t-elle jeté un charme au vieillard que vous êtes, pour que vous demeuriez ainsi bouche bée, comme un butor, à bloquer le chemin ? »

Le peintre sursauta, effrayé ; mais il ne se sentait pas offensé par ce ton trivial, car seul lui importait ce que venait de lui apprendre ce compagnon grossier et mal vêtu. Il lui adressa la parole, stupéfait.

– C'est une Juive ?

– Je ne sais pas, mais c'est ce qu'on dit. En tout cas, ce n'est pas l'enfant de ces gens, ils l'ont trouvée, ou bien on la leur a amenée. Peu m'importe, ma curiosité n'a jamais eu à en souffrir, et ça ne se produira pas de sitôt. Demandez au patron lui-même si vous voulez, il saura sûrement mieux que moi d'où elle lui vient.

Le « patron » qu'il avait mentionné était un aubergiste ; il possédait une de ces tavernes étouffantes et enfumées où

1. Par ces mots, Zweig annonce que, comme lui, la jeune fille est juive.

l'animation et le bruit ne cessent jamais tout à fait parce que des joueurs et des marins, des soldats et des désœuvrés prennent là leurs quartiers et n'en bougent quasiment plus. Large, le visage bouffi mais bon enfant, il se trouvait sur le pas de son étroite porte, telle l'enseigne qui invite à la franchir. Sans hésiter, le peintre se dirigea vers lui. Ils entrèrent dans la taverne ; le peintre s'installa dans un coin à une des tables de bois tachées, un peu troublé et agité, et, lorsque l'hôte posa devant lui le verre qu'il avait demandé, il le convia à s'asseoir un instant ; à voix basse, afin de ne pas attirer l'attention de quelques marins déjà éméchés qui braillaient à la table voisine, il exposa l'objet de sa requête. Il parla rapidement, mais en des termes qui trahissaient une grande émotion, de la vision merveilleuse qu'il avait eue et il pria finalement l'aubergiste qui l'écoutait, très étonné, et qui faisait des efforts manifestes pour suivre le peintre avec son intelligence lente, embrumée par le vin, de permettre à sa fille de poser comme modèle pour un portrait de la Vierge. Le peintre n'oublia pas de préciser qu'en donnant son autorisation le père participait lui aussi à cette œuvre pieuse, et il signala à plusieurs reprises qu'il était prêt à le dédommager en argent comptant.

L'aubergiste ne répondit pas tout de suite, mais il ne cessait de remuer son doigt épais dans ses narines larges et dilatées. Enfin il se mit à parler.

– Il ne faut pas que vous me preniez pour un mauvais chrétien, par Dieu non ! mais les choses ne sont pas aussi simples que vous le pensez. Car, si j'étais le père et si je pouvais dire à mon enfant : Va, et fais ce que je t'ordonne, croyez-moi, notre affaire serait déjà réglée. Mais, avec cette enfant, c'est différent... Tonnerre ! Qu'est-ce qui se passe là-bas !

Il avait bondi, furieux, car il n'aimait pas être dérangé lorsqu'il parlait. À l'autre table, un homme martelait le banc comme un fou avec son pichet vide et en réclamait un autre. Avec humeur, l'aubergiste le lui arracha des mains et alla le servir en réprimant un juron. Il prit en même temps une bouteille et un verre, les posa sur la table de son hôte et remplit les deux verres. Il vida le sien d'un trait et, comme requinqué, essuya sa moustache broussailleuse et se remit à parler.

– Je vais vous dire d'où me vient cette jeune Juive.

J'étais soldat, là-bas, en Italie, puis en Allemagne. Un bien mauvais métier, je vous le dis, aussi mauvais aujourd'hui qu'hier. Je n'en pouvais plus et je m'apprêtais à traverser le pays pour rentrer chez moi et choisir un métier honorable, car il ne me restait vraiment pas grand-chose ; le butin file entre les doigts, et je n'avais jamais été pingre. Je me trouvais alors dans une ville allemande ; je venais d'arriver quand, un soir, se produisit un grand tumulte. Je ne sais plus pourquoi, mais la population s'était ameutée pour assommer les Juifs, et je suivis, attiré par l'espoir de tirer quelque profit, et curieux aussi de voir ce qui allait se passer. Tous étaient déchaînés, on assaillait, on assassinait, on pillait, on violait et les gars poussaient des cris de plaisir et de convoitise. J'en eus bientôt assez et je m'arrachai à la foule, car je ne voulais pas disputer le butin à des filles et voir ma loyale épée de combat souillée par du sang de femme. Je prends donc une petite rue pour rentrer chez moi, quand un vieux Juif à la longue barbe frémissante et au visage hagard, portant dans ses bras un petit enfant qui venait de se réveiller en sursaut se précipite sur moi, et tout en bredouillant, il déversa sur moi un flot de paroles incompréhensibles. Tout ce que je saisis dans son jargon de Juif allemand[1] c'est qu'il m'offrait beaucoup d'argent si je les sauvais tous les deux. L'enfant qui me fixait de ses grands yeux effrayés me faisait vraiment pitié, et le marché semblait correct ; je recouvris donc l'homme de mon manteau et je les conduisis à mon logement. Il y en avait bien dans les rues qui auraient eu grande envie de s'en prendre au vieux, mais j'avais l'épée à la main et ils ne touchèrent ni à l'un ni à l'autre. Je les amenai chez moi et, parce que le vieillard m'en conjura à genoux, je quittai le soir même la ville, qui fut mise à feu et à sang jusque tard dans la nuit. De loin nous vîmes encore les lueurs de l'incendie que le vieux regardait fixement, d'un air désespéré, tandis que l'enfant continuait à dormir paisiblement. Nous ne sommes pas restés longtemps tous les trois ensemble : le vieillard tomba gravement malade au bout de quelques jours et expira en chemin. Auparavant il me donna tout l'argent qu'il avait ramassé en s'enfuyant,

---

1. Le vieux Juif s'exprime en yiddish, mélange d'allemand et d'hébreu parlé par les Juifs de toute l'Europe centrale.

ainsi qu'une feuille couverte de signes bizarres[1] et que je devais remettre à un changeur d'Anvers dont il m'indiqua le nom. En mourant, il me confia sa petite-fille. Je vins ici et je montrai la lettre qui produisit un effet étrange : le changeur me donna une somme importante, plus que je ne m'y étais attendu. J'en fus très heureux, car ainsi je pus mettre fin à ma vie d'errance ; je m'achetai cette maison et cette taverne et j'oubliai rapidement l'époque folle de la guerre. Je gardai l'enfant : elle me faisait pitié, et puis, en vieux célibataire, j'espérais que, lorsqu'elle serait grande, elle s'occuperait de la maison. Mais les choses prirent une autre tournure.

« Ses journées entières, elle les passe ainsi que vous l'avez vue. Debout à la fenêtre, à regarder fixement en l'air ; elle n'adresse la parole à personne et ne répond qu'avec crainte ; on dirait qu'elle courbe l'échine, comme si on allait la battre. Elle ne parle jamais aux hommes. Au début, je pensais qu'elle m'aiderait ici, dans ma taverne, et qu'elle m'attirerait plus d'un chaland[2], comme le fait la fille de l'aubergiste en face, qui plaisante avec les clients et les enflamme si bien qu'ils vident verre sur verre. Mais celle-ci fait des manières : si jamais on la touche, elle se met à pousser des cris et se rue vers la porte comme une tornade. Et si je la cherche, je suis sûr de la trouver recroquevillée quelque part dans un coin, pleurant à fendre l'âme, au point qu'on pourrait croire qu'il lui est arrivé Dieu sait quel malheur. Quelle curieuse créature !

– Dites-moi (le peintre interrompit son interlocuteur qui devenait de plus en plus pensif), est-elle encore juive ou a-t-elle été convertie ?

L'aubergiste se gratta la tête d'un air embarrassé. « Vous savez, commença-t-il alors, j'étais soldat, et je ne peux pas vraiment me prétendre chrétien. J'allais rarement à l'église, et je n'y vais pas davantage maintenant, même si je le regrette ; et puis je me suis toujours trouvé trop peu sage pour convertir cette enfant. Je n'ai jamais véritablement essayé, car j'avais l'impression que ce serait peine perdue avec un être aussi récalcitrant. On m'a déjà une fois mis les

1. Probablement est-elle écrite en hébreu. Le changeur auquel elle est destinée est sans doute juif lui aussi. — **2.** Le chaland est un client. Une boutique bien achalandée est fréquentée par de nombreux clients.

prêtres aux trousses, et on a cherché à me faire peur ; je leur ai dit d'attendre jusqu'à ce qu'elle soit douée de raison. Mais on en est semble-t-il encore loin, bien qu'elle ait aujourd'hui quinze ans passés – car elle est perdue dans ses rêves et pleine d'obstination. Qui peut s'y retrouver avec ces Juifs, ce sont des gens si étranges ! Le vieux m'avait l'air bon, et elle n'est pas mauvaise non plus, même s'il est terriblement difficile de l'approcher. Pour ce qui concerne votre affaire, qui est loin de me déplaire parce que je pense qu'un honnête chrétien n'en fera jamais assez pour le salut de son âme et que tous les efforts seront pesés un jour... je vous le dis ouvertement, je n'ai pas vraiment de pouvoir sur cette enfant, car, lorsqu'elle vous regarde de ses grands yeux noirs, on n'a pas le courage de lui faire du mal. Mais vous verrez bien. Je vais l'appeler. »

Il souleva son corps massif, se remplit un autre verre qu'il vida debout et traversa d'un pas lourd la taverne où quelques nouveaux marins venaient d'entrer, leurs courtes pipes en terre blanche exhalant une fumée opaque. Il leur serra familièrement la main, leur versa à boire et échangea avec eux des plaisanteries triviales. Puis il se rappela ce qu'il voulait faire et le peintre l'entendit gravir lentement l'escalier, d'un pas pesant.

Il était dans une disposition d'esprit très étrange. La confiance bienheureuse qu'avait fait naître en lui ce moment d'émotion commençait à se troubler dans la lumière de plus en plus diffuse de cette taverne. La poussière de la rue et une épaisse fumée noire se déposaient sur l'image rayonnante de son souvenir. Et sans cesse revenait la peur confuse de commettre un péché en élevant sur le trône de ses rêves pieux cette humanité grasse et bestiale qui se mêlait partout aux incarnations terrestres des idées les plus sublimes. Il frémissait en pensant aux mains qui allaient lui remettre l'offrande vers laquelle l'avaient conduit des signes secrets mais manifestes.

L'aubergiste revint dans la salle, et dans son ombre massive, large et noire, se dessinait la silhouette de la jeune fille, qui était restée sur le seuil, indécise, effrayée sans doute par la fumée et les braillements, et ses mains fines se cramponnaient au montant de la porte, comme si elle cherchait du secours. Lorsque l'aubergiste lui ordonna rudement d'entrer, son ombre fugitive recula encore davantage dans l'obscurité de la cage d'escalier ; mais déjà le peintre s'était levé et avancé vers elle. Dans ses deux mains de vieillard, rudes et pourtant si douces, il prit celles de la jeune fille et lui demanda à voix basse et sur le ton de la confidence, tout en la fixant droit dans les yeux : « Ne veux-tu pas t'asseoir un instant auprès de moi ? »

La jeune fille le regarda d'un air interloqué, profondément surprise par ce timbre grave, empreint de douceur et d'un amour épuré, qu'elle entendait pour la première fois dans la pénombre enfumée de la taverne. Et elle ressentit la douceur de ses mains et la bonté, la tendresse de ses yeux, avec la délectation effarouchée de ceux qui ont eu faim d'affection pendant des semaines, des années, et qui un jour la reçoivent de toute leur âme étonnée. L'image de son grand-père mort resurgit brusquement en elle alors qu'elle embrassait du regard la douceur de cette tête aux cheveux de neige, et des cloches oubliées se mirent à tinter dans son cœur ; elles sonnèrent tellement fort, avec tant de jubilation à travers toutes ses veines, jusque dans sa gorge, qu'elle ne trouva aucun mot pour répondre. Elle rougit simplement et fit un geste brusque, plein de raideur et de dureté, un signe de la tête violent, presque comme sous l'effet de la colère. Elle le suivit jusqu'à sa place, remplie d'anxiété et d'espoir, et s'assit à son côté, sans vraiment toucher le banc.

Le peintre se pencha avec tendresse sur elle, sans parler. Le vieux maître voyait soudain clairement comment cette si jeune fille vivait la tragédie de la solitude et de la fierté liée à la singularité. Il eût aimé l'attirer à lui et poser un baiser sur son front en signe d'apaisement, pour la bénir, mais il redouta de l'effrayer, et il redouta les autres qui se montraient en riant ce tableau étrange. Il comprenait parfaitement cette enfant, sans avoir entendu un mot de ses lèvres, et une pitié brûlante monta en lui, tel un flux de chaleur, car il connaissait le caractère douloureux de cette révolte qui n'est si dure, si irascible et si menaçante que parce qu'elle est amour, un amour immense, insaisissable, qui veut s'offrir et se sent repoussé. Il lui demanda avec douceur : « Comment t'appelles-tu, mon enfant ? »

Elle leva les yeux vers lui, confiante, mais troublée. Tout était encore trop étrange pour elle, trop inhabituel. Et la timidité mit un léger tremblement dans sa voix quand elle répondit faiblement et en se détournant à moitié : « Esther ».

Le vieil homme sentit cependant qu'elle avait confiance en lui, mais n'osait pas encore le montrer. Et, très doucement, il lui dit :

– Je suis peintre, Esther, et je veux te peindre. Il ne t'arrivera rien de mal ; tu verras chez moi beaucoup de belles choses et nous parlerons peut-être parfois tous les deux, comme de bons amis. Cela ne durera qu'une ou deux heures par jour, aussi longtemps que cela te conviendra. Veux-tu venir chez moi, Esther ?

La jeune fille rougit encore davantage, incapable de répondre. Elle voyait soudain se profiler devant elle des mystères obscurs qu'elle ne savait comment aborder. Elle jeta finalement un regard inquiet et interrogateur sur l'aubergiste qui se tenait à côté, plein de curiosité.

– Ton père le permet et y est même très favorable, s'empressa de dire le peintre. La décision ne dépend que de toi, car je ne veux pas et ne peux pas te forcer. Eh bien, Esther, es-tu d'accord ?

Il lui tendit sa grande main hâlée de paysan, d'un air engageant. Elle hésita un instant, puis, timidement et sans un mot, elle posa en signe d'assentiment sa petite main blanche dans celle du peintre qui l'enserra une seconde ainsi qu'une proie. Puis il la relâcha en la regardant avec bienveillance. Étonné de la conclusion rapide de cette affaire, l'aubergiste fit venir quelques marins des tables voisines pour leur montrer cet étrange événement. Mais la jeune fille, confuse de se sentir le centre de l'intérêt général, se leva brusquement et se précipita vers la porte, tel un éclair. Tous la suivirent des yeux avec surprise.

– Sapristi, dit l'aubergiste très surpris, vous avez accompli là un prodige. Farouche comme elle est, je n'aurais jamais cru qu'elle accepterait !

Et, comme pour corroborer ses dires, il vida un autre verre. Le peintre, qui commençait à se sentir mal à l'aise au milieu de ces gens à l'attitude de plus en plus familière, jeta de l'argent sur la table, régla tous les détails avec l'aubergiste et lui serra la main avec reconnaissance ; mais il se hâta de quitter la taverne dont la fumée et le bruit l'écœuraient, et dont les occupants ivres et braillards lui inspiraient un profond dégoût.

Lorsqu'il se retrouva dans la rue, le soleil avait déjà baissé et le ciel baignait dans un crépuscule d'un rose mat.

La soirée était douce et pure. Le vieil homme rentra chez lui d'un pas lent en songeant à ces événements qui lui paraissaient aussi étranges et aussi apaisants qu'un rêve. Son cœur était pénétré d'un sentiment de religiosité, et il se mit à frémir de bonheur quand il entendit une première cloche appeler les fidèles à la prière, bientôt suivie par celles de tous les clochers à la ronde qui, avec leur timbre clair ou grave, sourd ou joyeux, sonore ou à peine audible, évoquaient les hommes en proie à la joie, au souci, à la douleur. Il lui semblait certes incroyable qu'un être, qui pendant toute une vie avait suivi simplement dans l'obscurité le droit chemin, soit embrasé sur le tard par la douce lumière d'un miracle divin, mais il n'osait plus douter ; cet éclat d'une grâce rêvée l'accompagna sur le chemin du retour à travers les rues de plus en plus obscures, jusque dans une veillée pleine de joie et dans un rêve merveilleux...

Plusieurs jours avaient passé, et la toile était encore vierge sur le chevalet du maître. Mais ce n'était plus le découragement qui enchaînait ses mains ; c'était une réelle confiance intime, qui ne tient plus compte de l'écoulement des jours, qui ne se hâte pas, mais se berce dans une bienheureuse quiétude et une force contenue. Esther était venue, effarouchée et troublée il est vrai ; mais bientôt elle s'abandonna davantage, elle devint plus douce, plus simple au fur et à mesure qu'elle se réchauffait à la lumière de la bonté paternelle qui semblait émaner de l'âme de cet homme simple et respectable. Ils n'avaient fait quc rester ensemble à bavarder, comme des amis qui se rencontrent après de longues années et veulent pour ainsi dire refaire connaissance avant de redonner la même intensité aux paroles cordiales qu'ils échangeaient autrefois et de retrouver la qualité des heures partagées jadis. Et bientôt une nécessité secrète lia ces deux êtres, si différents et pourtant si semblables par une certaine ingénuité des sentiments ; l'un, à qui l'existence avait appris qu'elle n'était au plus profond d'elle-même que clarté et silence, était un homme d'expérience que tous ces jours, toutes ces années, avaient rendu modeste. L'autre n'avait pas encore conscience de la vie, parce qu'elle s'était enveloppée dans le tissu obscur de ses rêves et qu'elle accueillait à l'intérieur d'elle-même le premier rayon provenant du monde lumineux et le réfléchissait en un éclat uni et paisible. Ils étaient tous deux solitaires parmi les hommes ; cela les rendit très proches l'un de l'autre. Entre eux, la différence de sexe n'avait aucune importance ; chez l'un, cette pensée s'était éteinte et ne projetait plus sur sa vie que les dernières lueurs de souvenirs apaisants, et la jeune fille n'avait pas encore éprouvé la sensation confuse de sa féminité, qui ne se manifestait que par une douce langueur, très incertaine et inquiète, ignorante encore de ses desseins. Il subsistait entre eux une mince cloison, mais déjà ébranlée : celle de la différence de race et de religion, l'atavisme[1] qui oblige à se regarder toujours en étranger, en ennemi, à faire preuve d'une méfiance que seul un moment de passion peut vaincre. N'eût été cet obstacle dont elle n'avait pas conscience, la jeune fille, en qui l'amour, un amour préservé et très noble, aspirait à s'exprimer enfin, se serait depuis longtemps jetée en pleurant dans les bras du vieil homme et lui aurait confessé ses angoisses secrètes et ses aspirations naissantes, l'exultation et les souffrances de ses journées solitaires ; mais dans ces conditions elle ne trahissait ce que son âme avait de plus secret que par des regards, des silences, des gestes inquiets et des allusions ; car chaque fois qu'elle sentait que tout son être voulait affluer à la lumière et que ses sentiments les plus intimes étaient prêts à se révéler dans un débordement de paroles, une force mystérieuse la saisissait et les retenait, telle une main obscure et invisible. Et le vieil homme n'oubliait pas non plus ceci : les Juifs qu'il avait côtoyés pendant sa vie ne lui avaient certes pas inspiré de haine, mais il les avait perçus comme des étrangers. Il hésitait à commencer le tableau, car il espérait que cette jeune fille avait été mise sur son chemin pour être convertie à la vraie foi. Ce n'était pas lui qui devait être l'objet du miracle, il devait en être l'instrument. Il voulait retrouver dans le regard d'Esther le désir profond qu'avait dû éprouver la mère de Dieu en personne lorsqu'elle attendait la venue du Sauveur dans une angoisse pleine de félicité. Il souhaitait qu'elle fût d'abord pénétrée par la foi afin de pouvoir créer une Madone qui connaîtrait encore les frissons de l'Annon-

1. Hérédité et, plus encore, réapparition des caractères primitifs. Allusion supplémentaire à la judéité d'Esther.

Giraudon

Jan Van Eyck (vers 1390-1441) et Hubert Van Eyck (vers 1366-1426), *Polyptyque de l'Agneau mystique : La Vierge de l'Annonciation,* 1432, Cathédrale Saint-Bavon, Gand.

« Il souhaitait qu'elle fût d'abord pénétrée par la foi afin de pouvoir créer une Madone qui connaîtrait encore les frissons de l'Annonciation... »

ciation[1], mais déjà imprégnés d'une confiance sereine en son accomplissement. Il imaginait autour d'elle un paysage suave de printemps précoce, des nuages blancs voguant à travers les airs tels des cygnes, qui tireraient derrière eux, attachée par des fils invisibles, la chaleur du printemps ; il imaginait un vert jeune et tendre, aspirant à la résurrection, et des fleurs timides qui, semblables à de grêles voix enfantines, annonçaient la béatitude. Mais il trouvait les yeux de l'enfant encore trop effarouchés, et trop résignés ; la flamme mystique de l'annonciation et de l'abandon à une promesse obscure ne parvenait pas encore à s'allumer dans ce regard inquiet sur lequel continuait de peser la douleur profonde et voilée du peuple élu[2], et où flamboyait aussi parfois le défi de ceux qui se sont querellés avec leur Dieu. Ces yeux ne connaissaient encore ni l'humilité ni la douceur de l'amour céleste.

Il chercha avec soin et prudence des moyens pour amener le cœur de la jeune fille plus près de la foi ; il savait bien que s'il la lui présentait dans tout l'éclat de sa splendeur, comme un ostensoir[3] où le soleil scintille de mille feux, elle ne tomberait pas à genoux en frissonnant, mais se détournerait au contraire d'un geste dur afin de ne pas voir le symbole ennemi. De nombreuses études inspirées de l'histoire sainte reposaient dans ses cartons, les siennes et beaucoup d'autres, dues à de grands maîtres, qu'il avait reproduites durant son apprentissage et maintes fois par la suite, inspiré par une vive admiration. Il les sortit et ils les contemplèrent ensemble, épaule contre épaule ; il prit très vite conscience de la profonde impression que nombre d'entre elles produisaient sur l'âme d'Esther, à sa façon inquiète de tourner les feuilles et à sa respiration rapide dont il sentait le souffle brûlant sur ses joues. Un univers de beauté, de couleurs, surgissait ainsi devant les yeux de cette jeune fille solitaire qui depuis des années n'avait vu que les clients bouffis de la taverne, les visages ridés de vieilles femmes en noir, la

---

1. L'Annonciation est le moment où l'archange Gabriel vient annoncer à Marie qu'elle va concevoir le Sauveur tout en restant Vierge. Zweig s'amuse ici à associer ce moment, censé représenter la pureté, aux « frissons », fortement connotés de sexualité. — **2.** Ainsi se nomme le peuple juif dans l'Ancien Testament. — **3.** Coupe en métal précieux destinée à contenir les hosties et à les exposer à l'adoration des fidèles.

saleté et la grossièreté des gamins des rues, criards et bagarreurs. Elle découvrait ici des dames paisibles, d'une beauté envoûtante, revêtues de merveilleux habits, il y en avait de tristes et de fières, de lascives et de rêveuses ; des chevaliers dans leur armure ou en long habit d'apparat plaisantaient et bavardaient avec ces dames ; des rois aux longs cheveux blancs ondulés, coiffés d'une couronne dorée resplendissante, et de beaux jeunes gens dont le corps transpercé de flèches[1] s'affaissait sur le poteau du martyre ou perdait dans les tortures des flots de sang. Un pays étranger[2] qu'elle ne connaissait pas et qui lui procura une douce émotion, comme un souvenir inconscient de son pays natal, se découvrit à elle, avec des palmiers verts, de grands cyprès, et un ciel d'un bleu étincelant posé avec le même éclat intense au-dessus du désert, des montagnes, des villes et des lointains, et qui paraissait beaucoup plus léger et plus joyeux que ce ciel septentrional, semblable à un immense et éternel nuage gris.

Peu à peu il lui raconta de brèves histoires. Il lui expliqua les images en lui narrant les légendes simples et si poétiques de l'Ancien Testament, il parla des miracles et des signes de ces temps sacrés avec une telle ardeur qu'il en oublia ses intentions et exprima en la parant de teintes extatiques la foi confiante que lui avait inspirée la grâce entrevue ces derniers jours. La croyance enthousiaste de ce vieil homme bouleversa profondément le cœur de la jeune fille ; elle se sentait elle-même comme introduite dans un pays merveilleux surgi brusquement de l'obscurité et dont toutes les portes se seraient ouvertes. Sa vie vacillait sur ses bases, elle s'éveillait, passant de la nuit la plus profonde à une aurore pourprée. Rien ne lui paraissait incroyable après les événements étranges qu'elle avait vécus elle-même, ni la légende de l'étoile argentée derrière laquelle marchaient trois rois[3] venus de pays lointains, avec des chevaux et des chameaux chargés d'un flot scintillant d'objets précieux, ni le fait qu'un mort, touché par une main qui l'avait béni,

---

1. Il s'agit probablement d'une représentation de saint Sébastien. — **2.** À relier au « pays natal » une ligne plus bas. Il s'agit bien sûr de la Terre Sainte d'où sont venus les ancêtres d'Esther. — **3.** Les trois rois mages, Gaspard, Melchior et Balthazar, suivirent l'étoile qui les conduisit auprès du Christ nouveau-né.

revînt à la vie[1], car il lui semblait qu'agissait en elle la même force miraculeuse. Bientôt les images furent délaissées. Le vieil homme fit le récit de sa vie, et il associa plus d'un signe divin qui avait traversé celle-ci aux légendes de l'Écriture ; beaucoup de choses qu'il avait enveloppées dans le tissu de ses rêves au cours des jours silencieux de sa vieillesse jaillissaient maintenant en pleine lumière à travers ses paroles, et cela l'étonnait lui-même, comme un objet étrange que l'on reçoit avec circonspection de la main d'autrui ; il ressemblait à un prédicateur qui, à l'église, commence son sermon en citant une parole de Dieu pour l'expliquer et en éclairer le sens ; mais bientôt il oublie son auditoire et son propos, et s'abandonne simplement à l'obscure volupté de laisser se répandre en des paroles profondes le bruissement des sources de son cœur, comme dans un calice renfermant toute la douceur et la sainteté de la vie. Et au-dessus du bas peuple des auditeurs interdits, qui, ne pouvant plus accéder à son univers, grognent et échangent des regards stupéfaits, sa parole vole de plus en plus haut ; elle monte presque jusqu'aux cieux, oubliant, dans son rêve audacieux, la pesanteur terrestre qui tout à coup s'accroche à ses ailes, telle une masse de plomb...

Soudain le peintre regarda autour de lui, comme si bruissait encore le brouillard pourpre de ses mots extasiés ; la réalité lui apparut dans la froideur de ses enchaînements logiques. Mais ce qu'il vit était aussi beau qu'un songe.

Esther était assise à ses pieds, et elle le contemplait. Doucement appuyée contre son bras, et fixant ses yeux calmes et d'un bleu si pur dans lesquels tant de lumière s'était soudain rassemblée, elle s'était peu à peu laissée glisser, sans qu'il le remarquât dans l'élan qui le rapprochait de Dieu, et elle était maintenant accroupie à ses genoux, le regard levé vers lui. Des paroles venues de sa prime enfance bourdonnaient confusément dans sa tête, des mots que son père, en long habit de cérémonie noir[2], les épaules recouvertes de son châle blanc à franges[3], lisait certains jours dans un vieux livre vénérable[4] et qui vibraient eux aussi

---

1. Il s'agit de la résurrection de Lazare opérée par le Christ (*cf.* Jean 11-38). — **2.** Probablement le caftan que portaient les Juifs d'Europe centrale. — **3.** Le takrit, châle de prière que portent les Juifs. — **4.** La Torah, qui regroupe les cinq premiers livres de la Bible.

avec la même solennité, empreints de la même ferveur. Un monde qu'elle avait perdu et dont elle ne savait presque plus rien resurgit, paré de teintes crépusculaires, et elle fut remplie d'une douloureuse nostalgie. Et, lorsque le vieil homme se pencha vers ces yeux bouleversants, brillants de larmes, et embrassa le front d'Esther, il sentit un sanglot qui secouait d'une fièvre sauvage ses tendres membres d'enfant. Et il se méprit. Car il crut que le miracle s'était accompli et que Dieu, en un moment solennel, avait donné à sa parole, habituellement simple et laconique, les ardentes langues de feu de l'éloquence, ainsi qu'il l'avait fait jadis pour les prophètes[1] quand ils allaient au-devant du peuple. Il pensa que ce frisson exprimait le bonheur anxieux et encore timide de celle qui avait trouvé le chemin de la vraie foi, porteuse de toutes les félicités, et qui tremble, vacille, comme la flamme d'une torche qu'on allume et qui s'élève dans les airs, incertaine, mal assurée encore, puis retombe avant de briller d'un éclat pur et paisible. Cette erreur le combla d'allégresse : il s'imagina sur le point d'atteindre d'un seul coup son but le plus éloigné. Ses paroles prirent une tournure solennelle.

– Je t'ai raconté des prodiges, Esther ! Bien des gens disent que ce sont des choses des temps anciens, mais moi je sens et je dis qu'il y en a encore aujourd'hui, mais qu'ils sont simplement plus secrets, et ne se produisent que dans l'âme de celui qui les attend. Ce qui s'est passé entre nous est un prodige, mes paroles et tes larmes sont l'œuvre d'une main invisible qui les a fait jaillir de notre aveuglement, c'est une illumination miraculeuse. Puisque tu m'as compris, tu es déjà des nôtres ; dès l'instant où Dieu t'a fait le présent de ces larmes, tu es devenue chrétienne...

Il s'interrompit, étonné. Car à ce mot Esther s'était relevée brusquement, les mains tendues en signe de refus, comme pour repousser cette pensée. On voyait flamboyer dans ses yeux l'effroi et aussi ce défi indomptable et courroucé dont on avait parlé au peintre. Elle était belle en cet instant où la dureté de ses traits devenait l'expression du défi et de la colère ; les contours de sa bouche étaient nets comme des entailles et ses membres tremblants avaient les gestes d'un chat prêt à se défendre. Toute l'ardeur qui bouil-

1. Il s'agit des prophètes de l'Ancien Testament.

lonnait en elle explosa dans cette seconde de résistance farouche...

Puis le calme revint. Elle se sentit honteuse de la violence de cette défense muette. Mais le mur qu'avaient illuminé les rayons d'un amour transcendant se dressait à nouveau, noir et haut, entre eux. Il y avait de la froideur, de l'inquiétude et de la confusion dans le regard d'Esther, il n'y avait plus ni colère ni confiance, la réalité avait pris le pas sur les frémissements d'une nostalgie mystique. Ses mains retombèrent sans force le long de son corps gracile, pareilles à des ailes qui bruissent haut dans les airs et sont brisées en plein vol. La vie était encore pour elle une belle et étrange énigme, mais elle n'osait plus aimer le songe dont elle avait été tirée de façon si foudroyante.

De son côté, le vieux peintre sentit qu'une confiance prématurée l'avait trompé, mais ce n'était pas la première déception de sa longue vie de recherche, qui n'était que fidélité et confiance. Il ne souffrit donc pas ; il fut simplement étonné, puis presque joyeux devant la confusion d'Esther. Il prit doucement ses deux petites mains d'enfant, encore brûlantes de fièvre. « Esther, tu as failli m'effrayer avec ton brusque emportement. Je ne te veux pourtant aucun mal. Ou bien penses-tu le contraire ? »

Honteuse, elle secoua la tête, mais pour aussitôt se redresser. Et ses paroles retrouvèrent presque un accent de défi :

– Je ne veux pas être chrétienne. Je ne le veux pas. Je... (Le mot s'étranglait dans sa gorge, finalement elle le prononça d'une voix étouffée :) Je... je hais les chrétiens. Je ne les connais pas, mais je les hais. Ce que vous m'avez dit sur l'amour qui englobe tous les êtres est plus beau que tous les propos que j'ai jamais entendus dans ma vie. Mais les gens autour de moi se prétendent eux aussi chrétiens, et pourtant ils sont grossiers et violents. Et puis... ce n'est plus très net dans mes souvenirs, il y a trop longtemps de cela... mais, lorsque nous parlions des chrétiens à la maison, c'était avec crainte et avec haine... Tout le monde les détestait... Et moi aussi... Car, chaque fois que je sortais avec mon père, ils nous poursuivaient de leurs cris, et une fois même ils nous jetèrent des pierres... L'une d'elles m'atteignit ; je me mis à saigner et à pleurer, mais mon père m'entraîna d'un air apeuré quand j'appelai au secours... Je n'en sais pas davantage à leur sujet... Si, une chose encore... Nos rues étaient sombres et étroites, comme celle où j'habite ici. Il n'y avait que des Juifs[1]... Tandis que, de l'autre côté, la ville était belle. Je l'ai vue un jour du haut d'une maison... Il y avait une rivière qui coulait, si bleue et si limpide, et plus loin un large pont sur lequel marchaient des gens aux vêtements clairs, pareils à ceux que vous m'avez montrés sur vos images. Et puis les maisons étaient ornées de statuettes faites avec art, elles étaient toutes dorées, avec des pignons décorés. Au milieu se dressaient des clochers, hauts, ah ! si hauts ! où chantaient les cloches, et le soleil descendait jusque dans les rues. Tout était si beau... Mais, quand je demandai à mon père de m'emmener dans la ville lumineuse, il devint grave et dit : « Non, Esther, les chrétiens nous tueraient... » Ce mot me remplit d'épouvante... Et depuis lors je hais les chrétiens...

Elle s'interrompit dans ses rêveries, car tout redevenait clair pour elle. Des choses qu'elle avait oubliées depuis longtemps, qui avaient dormi dans son âme, voilées et recouvertes de poussière, resurgissaient, étincelantes. Elle rentrait à la maison en longeant les rues sombres du ghetto. Et d'un seul coup, tout s'enchaîna, tout devint si limpide, elle comprit que ce qu'elle prenait quelquefois pour un rêve était la réalité et son passé. Les paroles affluaient, s'efforçant de traduire les images précises qui se bousculaient dans sa tête.

– Et alors, ce soir-là... On m'arracha soudain du lit... je reconnus mon grand-père qui me tenait dans ses bras, le visage blême et frémissant... toute la maison était en effervescence et tremblait, l'air était plein de cris et de tapage... Maintenant je commence à me rappeler, j'entends à nouveau ce qu'ils criaient : Les voilà, les chrétiens !... C'était mon père qui criait cela, ou bien était-ce ma mère... Je ne sais plus... Mon grand-père me descendit dans l'obscurité à travers des rues et des ruelles toutes noires... Et toujours ce vacarme et ces mêmes cris : Les voilà, les chrétiens !... Comment ai-je pu oublier cela ?... Et puis un homme avec lequel nous marchons... Je ne sais plus, je crois que je dormais... Lorsque je me réveillai, nous étions loin dans la

1. Esther et sa famille habitaient le ghetto, quartier réservé aux Juifs dans les villes d'Europe centrale (voir du reste quelques lignes plus bas).

campagne, mon grand-père et l'homme chez qui je vis... Je ne voyais plus la ville, mais là d'où nous venions, le ciel était très rouge... Et nous continuâmes notre route...

À nouveau elle s'interrompit. Les images semblaient se perdre, s'assombrir lentement.

– J'avais trois sœurs... Elles étaient très belles, et tous les soirs elles venaient m'embrasser dans mon lit... Et mon père était grand, tellement grand que je n'arrivais pas jusqu'à lui et qu'il devait me prendre dans ses bras... Et ma mère... Je ne les ai plus jamais revus... Je ne sais pas ce qui leur est arrivé, car mon grand-père détournait les yeux quand je l'interrogeais et gardait le silence... Et, lorsqu'il mourut, je n'osai plus questionner personne...

Elle s'arrêta une fois encore. Un sanglot sortit de sa gorge avec une violence douloureuse. Tout doucement elle ajouta :

– Maintenant je sais tout... Comment tout cela a-t-il pu être aussi obscur pour moi ? J'ai l'impression que mon père est à mes côtés et je crois entendre la réponse qu'il m'avait donnée jadis, tant sa voix résonne clairement à mes oreilles... Désormais je ne poserai plus de questions à personne...

Ses paroles se transformèrent en sanglots, en pleurs muets et désespérés, auxquels succéda un silence profond et mélancolique. La vie dont l'image lumineuse l'avait séduite il y a quelques minutes à peine se découvrait à nouveau béante devant elle, morne et sombre. Le vieil homme avait depuis longtemps oublié ses intentions, son but, abîmé dans la contemplation de cette souffrance. Il se tenait sans mot dire devant Esther, le cœur si serré qu'il aurait voulu s'asseoir auprès d'elle pour exprimer par des larmes ce qu'il ne parvenait pas à dire : dans son grand amour de l'humanité il se sentait coupable d'avoir éveillé inconsciemment en elle cette douleur.

Il s'aperçut en frissonnant que, l'espace d'un moment, la plénitude de la grâce et la pire pesanteur s'étaient donné la main et il perçut le flux et le reflux de vagues puissantes, sans savoir si elles allaient exalter sa vie ou l'entraîner vers des profondeurs menaçantes. Mais il se sentait sans énergie face à la crainte, comme face à l'espérance ; il n'éprouvait que de la compassion pour cette jeune vie devant laquelle s'ouvraient encore tant de chemins et de perspectives. En vain il chercha que dire ; les mots étaient d'une lourdeur de plomb et rendaient un son faux. Que valaient-ils en comparaison d'un seul souvenir douloureux ?

Il passa tristement la main sur la chevelure frémissante d'Esther. Elle leva les yeux, confuse et troublée ; d'un geste machinal, elle remit ses cheveux en ordre, puis elle se redressa, laissant errer ses regards autour d'elle, comme s'il lui fallait s'adapter à nouveau à la réalité. Ses traits s'affaissèrent, traduisant sa fatigue, seuls ses yeux flamboyaient encore d'une lueur sombre. Elle se ressaisit brusquement et dit, très vite, pour dissimuler les sanglots qui faisaient encore trembler sa voix : « Il faut que je m'en aille. Il est tard, et mon père m'attend. »

Elle le salua d'un hochement de tête sévère, rassembla ses affaires et s'apprêta à partir. Mais le vieil homme, qui l'avait observée de son regard assuré et plein de compréhension, la rappela. Elle se retourna avec peine, car dans ses yeux brillait l'éclat humide des larmes. Et à nouveau, de ce geste empreint d'une cordialité irrésistible qui lui était propre, le vieil homme saisit ses deux mains tout en la regardant. « Je sais, Esther, que tu veux partir maintenant pour ne plus revenir. Tu me crois, et tu ne me crois pas, car tu es abusée par une peur secrète. »

Il sentit que les mains de la jeune fille s'abandonnaient peu à peu, confiantes, dans les siennes. Et il poursuivit avec une assurance accrue : « Reviens, Esther. Nous laisserons reposer toutes ces choses, les plus lumineuses comme les plus tristes. Demain nous allons commencer le portrait, et j'ai l'impression que tout ira bien. Ne sois plus triste, laisse dormir le passé, ne le remue pas. Demain, animés d'un espoir nouveau, nous allons entreprendre une nouvelle tâche. N'est-ce pas, Esther ? »

Elle acquiesça à travers ses larmes. Et elle rentra chez elle, en proie à la même incertitude et à la même crainte face à sa vie qu'auparavant, mais avec le sentiment d'une plénitude plus grande et d'un contenu plus riche qu'elle n'avait pensé jusqu'alors.

Le vieil homme resta seul, plongé dans une profonde méditation. Il croyait encore au miracle, mais le prodige, parce qu'il y voyait uniquement un jeu de la vie, conduit par la main de Dieu, lui apparaissait beaucoup plus solennel et plus divin. Il renonça à l'idée de faire rayonner la foi en des promesses mystiques sur le visage d'un être dont l'âme était peut-être déjà trop abattue pour croire encore. Il ne voulut plus faire preuve d'outrecuidance en se faisant le médiateur de Dieu ; il se contenterait d'être son modeste serviteur, qui de son mieux s'efforce de créer un tableau, et le dépose avec humilité au pied de l'autel, comme d'autres leur offrande. Il comprit que c'était une faute de se préoccuper des signes, de les rechercher, au lieu d'attendre que leur heure arrive et qu'ils se révèlent à lui...

Son cœur s'enfonça de plus en plus dans l'humilité. Pourquoi avait-il voulu accomplir chez cette enfant un miracle que personne ne lui avait commandé ? N'était-ce pas une grâce suffisante que dans sa vie – vide et dépouillée, tel un vieil arbre dont les branches sans feuilles se dressent vers l'azur dans un désir ardent – une autre vie ait pénétré, pleine de jeunesse, qui se blottissait contre lui avec un mélange de crainte et de confiance ? La vie lui avait envoyé un miracle, il le sentait bien ; il lui avait été donné d'offrir et de transmettre l'amour qui continuait d'embraser ses vieux jours, de le planter comme une graine destinée à s'épanouir encore en des fleurs merveilleuses. N'était-ce pas là un cadeau suffisant de la part de l'existence ? Et Dieu ne lui avait-il pas montré comment il devait le servir ? Il avait désiré ardemment un modèle pour son tableau, et il l'avait trouvé ; la volonté de Dieu n'était-elle pas qu'il fît le portrait d'Esther, et non qu'il inculquât à son âme une foi qu'elle ne comprendrait peut-être jamais ? Son cœur s'enfonçait de plus en plus dans l'humilité.

Le soir envahit sa chambre, et avec lui l'obscurité. Le vieil homme se leva ; il éprouvait un trouble, une angoisse tels qu'il en avait rarement connu dans sa vieillesse, d'ordinaire douce comme un soleil d'automne radieux et frais. Il fit lentement de la lumière. Puis il alla à l'armoire et chercha un vieux livre. Son cœur était las de toute cette agitation. Il prit la Bible[1], la baisa en tremblant de ferveur ; puis il l'ouvrit et lut très tard dans la nuit...

---

1. Tout catholique fervent qu'il est, le vieux peintre a une Bible chez lui et la lit, ce qui, à l'époque, relevait d'habitudes plus protestantes que catholiques. Est-ce le signe de la progression du protestantisme aux Pays-Bas ou une erreur de Zweig ?

Le tableau fut commencé. Esther était assise, pensivement penchée en arrière dans un fauteuil moelleux ; tantôt elle écoutait le vieux peintre qui cherchait à la distraire pendant les heures monotones de la pose en lui racontant toutes sortes d'histoires tirées de sa propre vie et de celle des autres ; tantôt elle s'abandonnait à ses rêveries paisibles dans le vaste atelier dont les murs ornés de tapisseries, de tableaux et de dessins ne cessaient d'attirer ses regards. Le travail n'avançait pas vite. Le peintre sentait que toutes les ébauches qu'il faisait n'étaient que des essais et qu'il n'avait pas trouvé l'atmosphère définitive. Il manquait encore quelque chose dans l'idée même de ses esquisses, qu'il était incapable de concevoir nettement ou d'exprimer par des mots, et qu'il percevait pourtant au plus profond de lui avec une telle précision que souvent une hâte fébrile l'entraînait d'une feuille à l'autre ; il les comparait minutieusement, mais il était toujours mécontent, aussi fidèles que soient ses croquis. Il n'en disait rien à Esther. Mais il avait l'impression que cette dureté, qui même dans les instants de rêverie sereine s'imprimait sur la bouche de la jeune fille, s'opposait à l'espérance pleine de bonté qui devait transfigurer sa Madone ; il lui semblait qu'il y avait encore en elle trop de défi enfantin, qu'elle n'était pas mûre pour porter la douce gravité de la maternité. Il avait conscience que ce n'étaient pas des paroles qui viendraient à bout de son air sombre, et que cette dureté ne pouvait être atténuée que de l'intérieur. Mais la tendre émotion féminine ne se manifestait pas sur son visage, même si les premiers jours du printemps jetaient dans la pièce, à travers tous les interstices des fenêtres, les ors flamboyants du soleil et annonçaient la poussée créatrice de tout un monde ; même si toutes les couleurs paraissaient devenir à la fois plus douces et plus profondes, ainsi que l'air chaud qui bouillonnait à travers les rues. Finalement le peintre se lassa. Le vieil homme était expérimenté ; il connaissait les limites de son art et savait qu'il ne pouvait pas les dépasser. Il abandonna son projet, de la même façon qu'il l'avait conçu, rapidement et en obéissant à l'appel d'une intuition subite. Après avoir confronté les différentes possibilités, il décida de ne pas traduire dans le portrait d'Esther l'idée de l'Annonciation, car son visage ne reflétait pas les frissons liés aux premiers signes d'une féminité qui s'éveille dans la foi ; il la représenterait en Vierge à

Giraudon

Gérard David (vers 1450-1523), *La Vierge et les saintes,* détail. Musée des Beaux-Arts, Rouen.

« Il la représenterait en Vierge à l'enfant, le symbole le plus simple et le plus profond de sa propre religiosité. »

l'enfant[1], le symbole le plus simple et le plus profond de sa propre religiosité. Il voulut se mettre immédiatement à la tâche, car le découragement menaçait de s'emparer une nouvelle fois de son esprit, l'éclat des merveilles qu'il avait rêvées s'étant peu à peu terni, pour céder la place à une obscurité lourde, pesante. Et, sans en informer Esther, il enleva la toile qui portait quelques traces rapides de tentatives prématurées et la remplaça par une autre, mettant ainsi tout en œuvre pour donner libre cours à sa nouvelle conception du tableau. Le lendemain, Esther était installée comme d'habitude, légèrement penchée en arrière, et elle attendait le commencement d'un travail qui, loin de lui être désagréable, apportait dans le dénuement de ses journées solitaires des paroles précieuses et des instants de bonheur. À sa grande surprise, elle entendit dans la pièce voisine le peintre échanger des propos aimables avec une paysanne dont la voix rude lui était inconnue. Elle écouta avec curiosité, mais ne put rien percevoir de distinct. Bientôt la voix de femme se tut, il y eut un bruit de porte et le vieil homme entra, se dirigea vers elle, portant dans ses bras quelque chose de clair qu'elle n'identifia pas au premier regard. Avec précaution, il posa sur ses genoux un robuste bébé de quelques mois qui s'agita d'abord, inquiet, puis se tint tranquille. Stupéfaite, Esther regarda le vieil homme : elle ne se serait pas attendue à une si étrange plaisanterie de sa part. Mais il se contenta de sourire et de se taire. Et, lorsqu'il vit qu'elle ne voulait pas détourner de lui ses regards empreints d'une anxieuse interrogation, il lui expliqua calmement et avec un accent de prière son intention de la peindre avec l'enfant sur ses genoux. Il mit dans cette prière toute la bonté et toute la cordialité de ses yeux. Sa confiance intime en ce cœur plein d'inquiétude et de foi, et l'amour profond que lui inspirait cette jeune étrangère illuminaient ses paroles, et jusqu'à son silence si éloquent.

Le visage d'Esther était empourpré. La honte la torturait. Elle osait à peine jeter un regard oblique sur le petit être nu et épanoui qu'elle tenait à regret sur ses genoux tremblants.

---

1. De même que l'Annonciation, celui de la Vierge tenant Jésus-Christ bébé sur ses genoux est un thème fréquent dans la peinture religieuse du Moyen Âge et de la Renaissance. Nombre de peintres flamands l'ont remarquablement utilisé.

Élevée dans l'horreur de la nudité, selon les principes sévères de son peuple[1], elle regardait avec dégoût et avec une crainte secrète cet enfant plein de joie et de santé qui dormait maintenant d'un sommeil paisible. Elle qui inconsciemment se cachait à elle-même son propre corps avait un frisson de recul au contact de cette chair tendre et rosée, comme si elle commettait un péché. Une peur la hantait, et elle ne savait pas pourquoi. Elle entendait bien l'appel angoissé de voix intérieures, mais elle ne parvenait pas à opposer un non bref et sec aux douces paroles apaisantes de ce vieil homme qu'elle révérait d'un amour de plus en plus grand. Elle sentait qu'elle ne pouvait rien lui refuser. Son silence et ses regards chargés d'une attente impatiente pesaient si lourd sur elle qu'elle aurait pu hurler aveuglément, comme un animal, pousser des cris inarticulés, en vain. Elle fut saisie d'une haine folle à l'égard de cet enfant, tranquillement endormi, qui avait fait irruption dans un de ses rares moments de calme et détruisait son intimité rêveuse. Mais elle se sentait faible et sans défense contre la sagesse bienveillante de ce vieil homme paisible qui dominait l'obscurité profonde de sa vie, pareil à une étoile blanche solitaire. Une fois de plus, comme elle le faisait chaque fois qu'il l'en priait, elle inclina la tête, humble et confuse.

Il cessa alors de parler et se mit à la tâche. Il commença par tracer une esquisse. En effet Esther était encore beaucoup trop inquiète et troublée pour illustrer l'idée profonde de son œuvre. Son expression rêveuse avait entièrement disparu. Il y avait dans ses regards quelque chose de convulsif et de contraint, car elle évitait de voir l'enfant nu endormi sur ses genoux et ne cessait de fixer d'un air morne le mur dont les tableaux et les ornements n'éveillaient en elle aucun intérêt véritable. La peur de devoir toucher le corps de l'enfant imposait à ses mains cette même

1. Zweig oublie que la nudité ne sera admise dans l'art qu'au moment de la Renaissance. Le catholicisme n'était sans doute pas moins sévère que le judaïsme à cette époque. Ainsi dans les deux religions, les femmes ne pouvaient-elles découvrir leurs cheveux en public. Dans le cas d'Esther, il s'agit moins de l'atavisme religieux que de l'extrême pudeur d'une adolescente. (Zweig insiste plusieurs fois sur le fait que sa féminité ne s'est pas encore éveillée.) C'est du reste l'interprétation du vieux peintre (*cf.* infra).

contrainte, cette raideur. Elle sentait le fardeau peser sur ses genoux sans oser esquisser un geste. Seule une certaine tension sur son visage trahissait de plus en plus ses efforts douloureux, si bien que le peintre, qui ne voyait pourtant là que la marque de la pudeur virginale d'Esther, et non la trace d'une répulsion héréditaire, devina son malaise et interrompit de lui-même la séance de pose. Le bébé continuait à dormir calmement, comme un animal rassasié, et il ne s'aperçut de rien quand le peintre le retira avec précaution des genoux de la jeune fille et le coucha sur le lit de la pièce voisine ; il y resta jusqu'à ce que sa mère, une robuste femme de marin hollandais[1] que le hasard avait amenée pour quelque temps à Anvers, le reprît. Mais, quoique libérée du poids de ce corps, Esther se sentit encore très oppressée à la pensée qu'elle retrouverait cette même angoisse, jour après jour.

Elle partit inquiète, et elle revint inquiète les jours suivants. Elle nourrissait le secret espoir que le peintre renoncerait à ce projet également, et la résolution de l'en prier posément devenait en elle de plus en plus impérieuse. Mais elle n'en fut jamais capable ; une fierté intime ou une honte secrète retinrent ses paroles, prêtes à jaillir de ses lèvres, tels des oiseaux sur le point de s'envoler et qui s'essaient à battre des ailes, juste avant de s'élancer librement dans les airs. Et, alors qu'elle venait tous les jours, apportant en quelque sorte son trouble avec elle, peu à peu la honte qu'elle éprouvait se transforma en un mensonge inconscient, car elle s'y était déjà accoutumée comme à une évidence fâcheuse. Il ne lui manquait plus que de comprendre. Pendant ce temps le portrait ne progressait guère, même si le peintre lui laissait entendre le contraire en des termes prudents. En réalité, la toile ne présentait que des lignes sans importance, les contours des personnages, et quelques essais hâtifs de couleurs. Car le vieil homme attendait qu'Esther se fût accommodée de cette idée et il ne cherchait pas à précipiter la venue de ce qu'il espérait avec confiance. Il se contenta d'écourter provisoirement les séances de pose et il parla beaucoup, de toutes sortes de choses indifférentes, feignant de ne pas prêter attention à

1. La mère du bébé vient du nord des Pays-Bas et on verra plus loin que ce n'est sans doute pas le hasard qui l'a conduite à Anvers.

l'enfant ni au malaise d'Esther. Il paraissait plus serein et plus sûr de lui que jamais.

Et cette fois sa confiance ne le trahit pas. Par une matinée claire et chaude, un paysage lumineux[1], transparent se découpait dans l'encadrement de la fenêtre : des clochers lointains scintillant d'un éclat doré, comme s'ils étaient tout près ; des toits d'où s'échappaient des volutes de fumée légère qui se perdaient dans le bleu intense, comme moiré, du ciel ; des nuages blancs, tout proches, qui semblaient vouloir se poser sur l'océan sombre des toits, ainsi que des oiseaux au plumage duveteux. Le soleil jetait dans la pièce son or à profusion ; c'étaient des rayons, une danse d'étincelles, un tournoiement de cercles de lumière, semblables à de petites pièces de monnaie qui tintent, c'étaient d'étroites bandes aussi coupantes que des poignards étincelants, des formes flottantes dépourvues de signification qui sautillaient avec agilité sur le plancher, tels de petits animaux brillants. Ce jeu pétillant de scintillations avait tiré l'enfant de son sommeil, comme si des doigts effilés avaient frappé à ses paupières closes jusqu'à ce qu'elles s'ouvrent, qu'il cligne les yeux et regarde devant lui. Il commença de s'agiter avec inquiétude sur les genoux de la jeune fille, qui le protégeait de mauvaise grâce. Il ne cherchait pas à s'écarter d'elle, mais simplement à attraper gauchement de ses mains malhabiles les étincelles qui dansaient et folâtraient autour de lui ; il ne parvenait pas à les saisir, et cet échec augmentait encore sa concentration. Il essaya de remuer de plus en plus vite ses petits doigts épais dont la légère coloration rouge, due à la lumière du soleil, évoquait le flux de sang chaud qui les traversait ; ce jeu naïf parait cette petite créature primitive d'un charme étrange auquel, sans le savoir, Esther succomba elle aussi. Souriante, elle contemplait sans se lasser ce jeu incessant, avec un sentiment de pitié condescendante pour ces efforts inutiles, oubliant l'aversion que lui avait inspirée cet être innocent et sans défense. Pour la première fois, elle comprit qu'une vie humaine, tout à fait humaine, se mouvait dans ce petit corps lisse, dont elle n'avait jusqu'ici perçu que la nudité potelée et l'apathie rassasiée ; elle suivait chacun de ses gestes avec

---

1. Ce que décrit ici Zweig, c'est l'arrière-plan des tableaux religieux flamands de cette époque et du siècle précédent.

une curiosité enfantine. Le vieil homme regardait et se taisait. Il craignait de réveiller par des paroles le défi et la honte qu'elle semblait avoir oubliés, mais le sourire satisfait de celui qui connaît le monde et les hommes ne voulait pas disparaître de son visage empreint de douceur. Il ne voyait rien d'étrange dans ce changement, mais au contraire quelque chose d'attendu, de prévu, la justification de sa confiance dans les lois profondes de la nature qui jamais ne défaillent ni ne manquent de se confirmer. Il se sentit à nouveau tout proche d'un de ces éternels prodiges de la vie qui se renouvellent sans cesse : les enfants provoquent d'un seul coup le dévouement des femmes, qui de nouveau se dirige vers les enfants, de génération en génération, et qui ainsi ne perd jamais de sa jeunesse, mais vit au contraire deux fois, par lui-même et dans ceux qui en bénéficient. N'était-ce pas là le miracle divin de Marie, qui était restée une enfant[1] pour ne jamais devenir une femme, mais pour continuer à vivre dans son enfant ? Tous les prodiges n'avaient-ils pas leur reflet dans la réalité, et ne retrouvait-on pas dans chaque instant d'une vie naissante la splendeur de l'inaccessible et le bruissement de ce qui sera pour toujours incompréhensible ?

Le vieil homme ressentait à nouveau intensément la proximité de ce prodige dont l'origine divine ou terrestre le tourmentait depuis des semaines, sans relâche. Mais il savait qu'il s'agissait là d'une porte obscure et fermée devant laquelle toute réflexion devait humblement faire demi-tour sans espérer rien d'autre que de pouvoir baiser avec respect le seuil interdit. Aussi prit-il son pinceau, afin de chasser par le travail les pensées qui commençaient à se perdre dans des lointains brumeux et sombres. Mais lorsqu'il regarda devant lui, prêt à peindre sur le vif, il demeura un instant fasciné. C'était comme si ses recherches l'avaient fait évoluer jusque-là dans un univers recouvert de voiles, sans même qu'il s'en aperçût, et que cet univers, tout à coup, s'ouvrît à lui, resplendissant, dans toute sa force et sa magnificence. Le portrait qu'il avait cherché était là, vivant, sous son regard. Les yeux brillants et les mains avides, le petit être épanoui se tournait vers la lumière qui nimbait sa nudité d'une lueur douce et lui donnait l'aspect d'un séra-

1. C'est-à-dire qui était restée vierge.

phin[1]. Et sur cet enfant en train de jouer, une deuxième tête, penchée, qui le contemple tendrement, elle-même pour ainsi dire remplie de l'éclat émanant de ce corps pénétré de lumière. De petites mains enfantines protègent le bébé des deux côtés pour éloigner de lui tout malheur. Au-dessus de la tête, un éclat fugitif s'est pris dans la chevelure et semble irradier comme une lumière intérieure[2]. Des gestes paisibles, une lumière folâtre, l'ignorance alliée à des souvenirs encore pleins de rêve, tout cela se rassemblait dans une vision éphémère et belle, un tableau qui semblait jaillir d'un souffle, fait de couleurs cristallines qu'un mouvement brusque aurait pu briser d'un coup.

Le vieil homme contemplait ainsi qu'une apparition ces deux figures si étroitement unies par un fugace jeu de lumière et, comme surgi d'un rêve lointain, le portrait presque oublié du peintre italien lui revint à la mémoire, avec sa douceur divine. Il eut à nouveau l'impression d'entendre l'appel de Dieu. Mais cette fois il ne se perdit pas en rêverie ; il mit au contraire toute son énergie au service de cet instant. D'un trait vigoureux il brossa le mouvement de ces mains d'enfant et la tendre inclinaison de cette tête de jeune fille, aux traits d'ordinaire si durs, comme s'il voulait les arracher pour toujours à la fugacité du moment qui les avait réunis. Il sentait en lui une force créatrice, tel un sang jeune et chaud. Toute sa vie était en cette minute semblable à un cours d'eau bruissant, elle absorbait la lumière et la couleur, elle n'était plus qu'une main qui, en dessinant, modelait et englobait toutes choses. Et en cet instant où il était plus près que jamais du secret des forces divines et de la plénitude infinie de la vie, il ne songeait pas à ses prodiges et à ses signes ; il les vivait, en les créant lui-même.

Ce jeu ne dura pas très longtemps. L'enfant finit par se lasser de ses efforts répétés et de son côté Esther s'étonna de voir le vieil homme travailler soudain avec une ardeur fébrile, les joues en feu ; il avait à nouveau sur son visage la même clarté visionnaire que le jour où il lui avait parlé de Dieu et de ses innombrables miracles, et elle sentait à nou-

---

1. Un ange. — **2.** La lumière qui joue dans les cheveux d'Esther donne l'illusion d'une auréole, comme celle qui encercle la tête de la Madone dans les représentations qui en sont faites.

veau un frisson d'enthousiasme pour la force qui pouvait plonger si totalement dans le monde de la création. La légère honte qu'elle avait éprouvée lorsque le peintre l'avait surprise, abîmée dans la contemplation de l'enfant, se perdit dans l'immensité de ce sentiment. Elle ne vit plus que la plénitude de l'existence ; la diversité et la grandeur de tels instants la ramenaient à son étonnement initial, lorsque le vieil homme lui avait montré ses images représentant des personnages étrangers, originaires de pays lointains, des villes d'une beauté de rêve et des paysages luxuriants. Le spectacle enivrant et la splendeur de l'inconnu venaient colorer l'indigence de ses propres journées et l'harmonie monotone de sa vie intérieure. Mais un désir de création personnelle brûlait au tréfonds de son âme, comme une lumière cachée dans l'obscurité et ignorée de tous.

Ce jour marqua un tournant dans le destin d'Esther et dans celui du tableau. L'ombre s'était dissipée. La jeune fille se rendait désormais d'un pas pressé et léger aux séances de pose qui lui semblaient passer très vite parce qu'elles offraient un enchaînement de menues expériences ; chacune lui paraissait importante, car elle ne connaissait pas la valeur de la vie et se croyait riche avec les quelques piécettes de cuivre que représentaient ces événements insignifiants. Insensiblement, le personnage du vieil homme passa au second plan, à l'avantage du petit corps rose et maladroit de l'enfant. La haine d'Esther s'était transformée brusquement en cette tendresse sauvage, presque avide, qu'éprouvent souvent les jeunes filles pour les enfants et les petits d'animaux. Elle s'épuisait en contemplation et en caresses ; inconsciemment elle vivait la plus noble pensée de la femme, la maternité, dans un jeu où elle s'abandonnait avec passion. Le but de ses visites lui échappait. Elle arrivait, s'asseyait dans le large fauteuil avec le bébé florissant qui avait tôt fait de la reconnaître et qui lui souriait avec une expression comique, puis elle se mettait à le câliner ; elle en oubliait totalement qu'elle était venue à cause du tableau et qu'elle avait un jour ressenti cet enfant nu comme un poids, un fardeau. Cela lui semblait aussi lointain qu'un des innombrables rêves mensongers qu'elle s'était jadis obstinée à tisser pendant de longues heures dans la rue sombre et triste où elle habitait, et dont la trame se déchirait au premier souffle léger de la réalité.

Elle continuait à croire qu'elle ne vivait que pendant les heures passées ici ; les moments où elle restait à la maison lui étaient un séjour en pays étranger, comme la nuit dans laquelle on plonge en s'endormant. Quand elle entourait de ses doigts les menottes potelées du bébé, elle savait que ce n'était pas un songe immatériel. Et le sourire que ces grands yeux bleus papillotants lui renvoyaient n'était pas une illusion. Tout cela, c'était la vie, et elle se sentait consumée par une soif de se donner au monde, qui était le riche héritage inconscient de sa race[1], et par une aspiration toute féminine à l'abandon, elle qui n'était pas encore une femme. Dans ce jeu se cachait déjà le germe d'un désir plus profond et d'un plaisir plus intense. Mais tout cela n'était encore qu'une ronde folâtre d'idées tendres et d'admiration intime, de grâce espiègle et de rêves insensés. Elle berçait cet enfant comme les enfants bercent leurs poupées mais, en même temps, ainsi que le font les femmes et les mères, elle laissait ses rêves s'envoler vers des contrées infiniment lointaines, suaves et tendres.

Le vieil homme ressentait cette transformation avec l'immense sagesse de son cœur. Esther s'éloignait de lui, sans qu'il lui devienne plus étranger, il le sentait ; elle ne l'appelait plus de ses vœux, mais déjà il était à l'écart, comme un doux souvenir. Et il se réjouissait de ce changement, malgré son amour pour la jeune fille ; car il voyait en elle des élans pleins de jeunesse, de force et de bonté, dont il espérait qu'ils briseraient sa fierté et sa réserve héréditaires plus vite que lui-même n'aurait pu le faire avec tous ses efforts. Et il savait que l'amour qu'elle lui portait, à lui qui était âgé et proche de la mort, était dilapidé, tandis que ce même amour pouvait être source de promesses et de bienfaits pour une jeune vie.

L'éveil de la tendresse d'Esther à l'égard de l'enfant lui fit connaître des heures merveilleuses. De nombreuses images d'une beauté envoûtante se formèrent devant lui, qui était toutes des paraphrases d'une pensée unique, et pourtant toutes différentes. Tantôt c'était un jeu affectueux : Esther folâtrant avec l'enfant, devenue elle-même une enfant dans sa joie effrénée, des mouvements souples, sans dureté et sans passion, des couleurs tendres et harmonieuses, des

1. Nouvelle allusion à la judéité d'Esther.

formes délicates qui se fondaient doucement. Puis de nouveaux moments de calme, quand le bébé était mollement endormi sur les genoux d'Esther et que les petites mains de la jeune fille veillaient sur lui comme deux anges, quand dans ses yeux brillaient la joie de posséder un tel bonheur et le désir ardent et secret de réveiller ce visage avec des caresses. Puis à nouveau de courts instants où leurs deux regards plongeaient l'un dans l'autre, l'un ignorant, inconscient et curieux, et l'autre plein d'abandon et rayonnant de félicité. Puis venaient des instants de confusion charmante, lorsque le bambin, de ses mains maladroites, cherchait à atteindre la poitrine de la jeune fille, dans l'attente de l'offrande maternelle ; alors les joues d'Esther rougissaient à nouveau de honte, comme sous l'effet d'une lumière rosée, mais ce n'était plus de la peur qu'elle ressentait, ni de l'irritation ; ce n'était qu'une manifestation brusque de sa gêne, qui s'achevait dans un sourire content.

Ce fut pendant ces journées que le tableau fut réalisé. Ces milliers de gestes tendres le peintre les rassembla en un seul ; avec des milliers de regards espiègles, ravis, anxieux, heureux, intenses, il créa le regard d'une mère. Une grande œuvre empreinte de calme – toute simple – naissait. Un enfant en train de jouer et une jeune fille, la tête penchée tendrement. Mais les couleurs étaient d'une douceur et d'une pureté comme il n'en avait jamais trouvé, et les formes se détachaient, aussi nettes et précises que des arbres sombres sur le flamboiement divin du soir. On eût dit qu'il y avait une lumière intérieure cachée d'où émanait cette clarté mystérieuse, et qu'il soufflait là un air plus délicat, plus caressant et plus pur que dans l'univers tout entier. Rien ici de surnaturel, et pourtant on sentait qu'une mystique secrète de la vie[1] était à l'œuvre. Pour la première fois, le vieil homme, qui tout au long de sa laborieuse vie d'artiste n'avait cessé de poser avec soin une touche après l'autre, voyait son tableau croître et progresser indépendamment de lui. Dans les légendes populaires, les lutins accomplissent leur tâche en secret, et pourtant avec une telle dili-

---

1. La formule n'est pas très claire. Zweig reprend sous une autre forme son thème des prodiges de la vie. La création de ce tableau, comme de toute œuvre d'art, relève d'un mystère sacré qui s'accomplit tout à la fois grâce et malgré le peintre.

gence, une telle ardeur, qu'au matin les hommes contemplent avec des yeux ébahis le travail effectué pendant la nuit ; c'était cette même sensation qu'éprouvait le peintre lorsque, après des minutes d'ivresse créatrice, il s'écartait de sa toile pour porter sur elle un regard critique. À nouveau le sentiment d'un prodige cherchait à pénétrer son cœur, qui n'hésitait plus guère à l'accepter. Car ce tableau ne représentait pas seulement le sommet de tous ses efforts, mais quelque chose de beaucoup plus élevé, de plus lointain, dont son travail misérable n'était pas digne de constituer le support, même si c'était là son couronnement. Et la sérénité qui avait présidé à sa création s'effondra pour laisser la place à un état de crainte, à une angoisse face à sa propre œuvre, dans laquelle il n'osait plus se reconnaître.

Et ainsi il s'éloigna lui aussi d'Esther, car il ne voyait plus en elle que l'intermédiaire du prodige terrestre qu'il avait accompli. Il continuait à la protéger avec la même bonté, mais son âme se remplissait à nouveau des rêves pieux qu'il avait crus déjà bien loin. La force simple de la vie lui parut tout à coup merveilleuse. Qui pouvait lui apporter une réponse ? La Bible était très ancienne et sacrée, tandis que son cœur était humain et encore bien ancré dans la vie. Avait-il le droit de demander si Dieu descendait jusqu'à cette terre dans un bruissement d'ailes ? Des signes de Dieu traversaient-ils encore aujourd'hui le monde, ou s'agissait-il tout simplement des prodiges de la vie ?

Le vieil homme n'avait pas la prétention de pouvoir répondre à ces questions, malgré les phénomènes étranges qui se produisaient dans son existence. Mais il n'était plus aussi sûr de lui qu'autrefois, lorsqu'il croyait à la vie et en Dieu et qu'il ne se demandait pas où était la vérité. Et tous les soirs il recouvrait avec soin le tableau. Car récemment, un jour qu'il était rentré chez lui et que l'éclat argenté de la lune enveloppait le portrait de sa bénédiction, il avait eu l'impression que la mère de Dieu elle-même lui avait dévoilé son visage. Et il s'en était fallu de peu qu'il ne tombât en prière devant sa propre création...

Mais au même moment survint dans la vie d'Esther un autre événement qui, pour n'avoir rien d'exceptionnel ni d'invraisemblable, n'en fit pas moins souffler la tempête sur sa vie et la secoua jusque dans ses profondeurs d'une douleur sauvage et incompréhensible. Elle sentait les premiers mystères de la maturité : un enfant la rendait femme. Une confusion, un désarroi immenses s'étaient emparés de son âme privée de guide, de conseil, et engagée toute seule sur un chemin merveilleux, entre de profondes ténèbres et l'éclat d'une lueur mystique. Un immense désir s'était éveillé, qui ne savait où s'orienter. Cette fierté indomptable qui l'avait incitée auparavant à fuir toute camaraderie et à éviter tout échange de paroles inutiles avec son entourage, jetait comme la flamme d'une malédiction sur ces jours de sombre égarement. Car elle lui interdisait d'éprouver la secrète douceur enclose dans cette métamorphose comme la semence d'une moisson lointaine, et seule restait la douleur sourde, démente et solitaire. Et dans les ténèbres de cette ignorance scintillaient les légendes et les miracles que le vieillard lui avait contés : telles des lumières trompeuses, ils entraînaient ses rêves sur les chemins les plus extravagants. L'histoire de cette douce créature dont elle avait vu le portrait, et qui devint mère à la suite d'une mystérieuse annonciation, la faisait vibrer d'une appréhension terrible et presque joyeuse. Elle n'osait pourtant pas y croire, car il avait été question aussi d'autre chose, qu'elle ne comprenait pas. Mais il lui semblait qu'en son être même s'accomplissait un prodige, tant elle éprouvait de changement dans ses sensations, tant le monde et tous les gens autour d'elle lui paraissaient d'un seul coup différents, plus profonds, plus étranges et pleins d'instincts secrets. Toutes les choses semblaient faire partie d'un même ensemble doué d'une vie intérieure qui passait par des alternances de flux et de reflux, et se rejoignaient dans une zone obscure ; elle voyait un tout là où régnait l'éparpillement. Et elle se sentait elle-même poussée par une force intérieure vers la vie et vers les autres hommes, mais cette force absurde, qui ne savait où s'employer, ne lui léguait jamais que cette même douleur insistante, poignante et torturante, issue d'un désir sans objet et d'une énergie réprimée.

Ce qui lui avait toujours paru impossible, Esther s'y risquait à présent, en ces heures de désespoir où elle prenait conscience de son égarement et où son être débordait du désir de quelque chose à quoi se raccrocher ; elle se mit à parler à son père adoptif. Jusqu'alors elle l'avait évité, d'instinct, parce qu'elle sentait la distance qui existait entre eux. Mais maintenant cette impulsion aveugle la poussait à franchir le pas. Elle aborda tous les sujets, lui parla du tableau, s'enfonçant dans le souvenir de ces heures passées pour en ramener un détail qui pût avoir de la valeur pour lui. Et l'aubergiste visiblement satisfait de ce changement, lui tapotait les joues gentiment, sans façons, et l'écoutait. Il lâchait un mot par-ci par-là, du même air négligent et impersonnel avec lequel il crachait à terre sa chique de tabac. À la fin il raconta lui-même, avec sa maladresse habituelle, les menus événements de la journée, mais Esther l'écoutait en vain. Il ne trouvait rien à lui dire qui la touchât, il n'essayait d'ailleurs pas. Les choses semblaient s'arrêter à la limite de son corps : rien ne pénétrait à l'intérieur de lui-même, et ses paroles renvoyaient à la jeune fille une indifférence totale qui la remplissait de dégoût. Ce qui n'avait été auparavant qu'intuition devenait certitude : il n'y avait pas de chemin qui reliât ce genre d'hommes à elle et à son âme. Ils ne pouvaient que vivre côte à côte sans se connaître : le désert, une totale absence de compréhension. Encore représentait-il à ses yeux le meilleur de tous les hommes qui allaient et venaient dans cette taverne misérable, car il y avait en lui une certaine rudesse bon enfant qui bien des fois se transformait en cordialité.

Mais cette déception ne parvint pas à briser la force impérieuse de ce désir effréné, dont toute la violence afflua de nouveau vers les deux êtres qui l'accompagnaient de l'aube au soir. Elle comptait avec ferveur les heures solitaires de la nuit qui la séparait encore du matin et, avec une ardeur fiévreuse que trahissait son visage, celles du jour qui précédaient la visite chez le peintre. Une fois même, en pleine rue, elle se jeta à corps perdu dans sa passion comme un nageur dans le flot écumant, et s'élança telle une désespérée à travers la foule tranquille, sans reprendre haleine jusqu'au but tant désiré ; le visage rouge et la chevelure en désordre, elle arriva devant le portail de la maison. Le plaisir farouche qu'elle prenait à exprimer librement sa passion était devenu, en cette période de métamorphose, une force irrépressible qui lui donnait une beauté sauvage et sensuelle.

Et cette tendresse avide, presque désespérée, lui faisait préférer l'enfant au vieillard, dont la douceur aimable et chaleureuse opposait un refus serein à tous les orages de la passion. Sans rien savoir de la féminité naissante d'Esther, il la devinait à travers tout son être, à travers cette exaltation si brusque qui le déconcertait. Il ne chercha pas à lui imposer des bornes, car il sentait bien l'élan primitif qui la jetait dans cette passion obstinée. Et l'amour paternel qu'il vouait à cette enfant solitaire ne disparut pas pour autant, même si son attention était à nouveau tournée vers le jeu lointain des forces latentes de la vie. Il se réjouissait de sa présence et cherchait à la garder auprès de lui. Le portrait était achevé, mais il ne le disait pas à Esther, car il ne voulait pas la séparer de l'enfant qu'elle noyait, pour ainsi dire, sous des flots de tendresse. S'il donnait encore çà et là quelques coups de pinceau, ce n'étaient plus que des détails insignifiants, le pli d'une draperie, une ombre légère à l'arrière-plan ou une nuance ténue dans le jeu de la lumière. Il n'osait plus toucher à l'idée même du tableau ni au sentiment qui l'avait inspiré, car la magie de la réalité s'était lentement évanouie et ces deux visages lui apparaissaient comme la forme spiritualisée de ce rêve merveilleux, source d'une création dans laquelle, au fur et à mesure que le souvenir de cet instant s'éloignait dans le temps, il voyait de moins en moins l'accomplissement d'une force terrestre. Toute tentative d'amélioration lui semblait non seulement une folie, mais un péché. Et au plus profond de lui-même il décida qu'après cette œuvre où sa main avait été manifestement guidée, il n'irait plus gâcher de la peinture : il passerait ses jours dans une plus grande dévotion, à la découverte des sentiers capables de l'élever jusqu'à ces hauteurs dont il avait pu percevoir, en ces heures tardives de son existence, les ors crépusculaires.

Avec cet instinct subtil que portent en eux les orphelins et les exclus, tel un réseau secret enserrant dans ses fils délicats toutes les paroles, même celles qui sont tues, Esther percevait ce léger éloignement chez le vieil homme qui lui était si cher, et elle souffrait presque de la douceur inchangée de sa tendresse ; elle sentait qu'à ce moment précis elle aurait eu besoin qu'il se donnât à elle tout entier, avec tout l'amour dont il était capable : elle aurait pu ainsi lui ouvrir son âme touchée de plus en plus par la souffrance et obtenir une réponse aux énigmes qui l'entouraient. Elle épiait l'instant où elle pourrait laisser échapper les mots qui se pressaient et débordaient en elle, mais l'attente s'éternisait et elle se lassait. Aussi voua-t-elle toute sa tendresse à l'enfant. Elle déversa tous ses sentiments sur ce petit être maladroit qu'elle étreignait et couvrait de baisers fougueux, hors d'elle-même, avec tant de violence que souvent le bébé ne sentait que la douleur de cette étreinte et se mettait à crier. Alors elle retenait ses gestes, se faisait protectrice, apaisante, mais cette réserve avait elle aussi quelque chose d'exalté, de même que sa sensibilité n'était pas celle d'une mère, mais le bouillonnement de vagues pulsions érotiques, lourdes d'un désir encore tâtonnant. Elle se sentait poussée par une force que, dans son ignorance, elle laissait s'épuiser sur cet enfant. C'était un rêve qu'elle vivait, et une stupeur douloureuse ; si elle s'attachait désespérément à cet être, c'est parce qu'il avait un cœur chaud qui battait comme le sien, parce qu'elle pouvait offrir à ces lèvres muettes toutes les tendresses dont elle brûlait, parce que ses bras, obéissant à un désir inconscient, pouvaient enlacer quelque chose de vivant, sans qu'elle eût à redouter ce moment de honte auquel elle n'aurait pas échappé si elle avait confié ne fût-ce qu'un seul mot à un étranger. Elle passait ainsi des heures entières, sans se lasser et sans se rendre compte combien elle se trompait sur elle-même.

Cet enfant incarnait à présent pour elle la vie à laquelle elle avait si violemment aspiré. Autour d'elle les nuages s'accumulaient sans qu'elle y prît garde. Les citoyens se réunissaient le soir et, refrénant leur colère, regrettaient la liberté d'autrefois et le bon roi Charles[1] qui avait tant aimé ses Flandres. L'agitation travaillait la ville[2]. Les protestants s'alliaient clandestinement[3], la canaille se rassemblait dans l'ombre, les petits soulèvements et les heurts avec les soldats se multipliaient, renforcés par les nouvelles menaçantes en provenance d'Espagne ; et dans cette atmosphère

---

1. Charles Quint (1500-1558) fut non seulement souverain des Pays-Bas, mais aussi roi d'Espagne et empereur du Saint Empire romain germanique. Malgré tous ces titres, c'est en Flandre que Charles Quint aimait vivre. Aussi longtemps qu'il régna, la question religieuse et politique ne s'y posa pas de manière violente. — **2.** Anvers, mais aussi tous les Pays-Bas étaient alors au bord de la révolte contre l'Espagne, d'autant que Philippe II venait de prendre des mesures restreignant encore les libertés religieuses et politiques et avait envoyé le duc d'Albe aux Pays-Bas pour y réduire toute contestation. — **3.** Il s'agit sans doute d'une allusion au fait que Guillaume d'Orange, stathouder des Pays-Bas (*cf.* note 1 p. 84) cherchait à s'allier avec les protestants allemands et français contre l'Espagne.

Roger-Viollet

Titien, *Portrait de Charles Quint,* Pinacothèque de Munich.

« Les citoyens se réunissaient le soir et, refrénant leur colère, regrettaient la liberté d'autrefois et le bon roi Charles qui avait tant aimé ses Flandres. »

de dissensions et de troubles jaillissaient déjà les premières flammes de la guerre et de la rébellion[1]. Les gens prévoyants commençaient à regarder vers l'étranger, les autres se cherchaient des consolations et des apaisements, mais le pays tout entier était emporté dans une attente frissonnante, qui se reflétait en chacun. Dans la taverne les hommes allaient s'asseoir dans les coins et s'entretenaient à voix basse, tandis que l'aubergiste, circulant au milieu d'eux, plaisantait avec sa rudesse coutumière sur la guerre et ses horreurs, sans parvenir à leur arracher des rires francs. La gaieté insouciante de ces bons vivants avait laissé place à l'angoisse et à l'inquiétude de l'attente.

Esther ne sentait autour d'elle ni cette peur sourde, ni cette fièvre secrète. Le bambin était toujours aussi calme et la regardait en riant avec innocence, si bien qu'elle ne remarquait pas de changement dans son entourage. Sa vie cédait tout entière au courant qui l'entraînait vers un funeste désarroi ; les ténèbres où elle était plongée donnaient une apparence de vérité aux rêves fantasques de ses heures solitaires, une vérité si lointaine, si étrange, qu'elle la coupait à jamais de la sagesse froide et réfléchie de ce monde. Sa féminité éveillée réclamait un enfant, mais elle ignorait tout de cet angoissant mystère et le rêvait sous mille formes, selon la simplicité prodigieuse de la légende biblique ou en se laissant fasciner par ses visions solitaires. Si quelqu'un lui avait expliqué en quelques mots simples cette énigme banale, elle aurait peut-être examiné avec ce regard gêné des jeunes filles de son âge les hommes qui passaient près d'elle. Mais les hommes ne lui inspiraient pas de telles pensées ; simplement, en voyant les gamins jouer dans les rues, elle songeait à l'extraordinaire miracle que ce serait, un jour peut-être, d'avoir elle aussi un enfant rose et joueur comme ceux-là, un enfant tout à elle qui serait source de félicité. Et si irrépressible était la force de ce désir que, pour ce bonheur tant convoité, elle se fût peut-être donnée au premier venu, oubliant toute pudeur et toute crainte ; mais elle ne savait rien de ces unions fécondes et son désir s'éga-

---

1. Les historiens ont coutume de faire remonter à l'année 1566, celle où se déroule la nouvelle, le début de la guerre « de quatre-vingts ans » qui, avec le traité de Westphalie en 1648, aboutit à l'indépendance des provinces septentrionales (les actuels Pays-Bas).

rait sur des sentiers qui ne menaient à rien. Et sans cesse elle retournait à ce bébé étranger qui était déjà comme le sien, tant sa tendresse était devenue profonde.

Ainsi elle arriva un jour, le visage rayonnant et les yeux étincelants d'émotion, chez le peintre qui n'avait pas remarqué sans une secrète inquiétude la passion exagérée et presque maladive qu'elle portait à l'enfant. Pour la première fois, il n'était pas là. Cette absence l'inquiéta mais, pour dissimuler son trouble, elle alla vers le vieil homme et lui demanda où en était le tableau. Tout en l'interrogeant elle sentit le sang lui monter au visage, car d'un seul coup elle prenait conscience de l'offense muette qu'elle lui avait infligée tout au long de ces heures où elle n'avait pas eu une minute d'attention ni pour lui ni pour son œuvre. Cette négligence envers un homme si bon lui pesait comme une faute. Mais il parut ne rien remarquer.

– Il est fini, Esther, dit-il avec un léger sourire, et depuis longtemps déjà. Je vais le remettre dans les jours qui viennent.

Elle pâlit. Un mauvais pressentiment l'assaillit, qu'elle n'osait pas approfondir. « Alors je ne pourrai plus venir chez vous ? » demanda-t-elle d'une petite voix timide.

Il lui tendit les deux mains, de ce geste familier dont la douceur irrésistible la faisait toujours succomber. « Aussi souvent que tu voudras, mon enfant. Le plus souvent possible. Tu vois, je suis très solitaire dans ma vieille salle ; si tu viens, ce sera de la joie et du soleil pour toute la journée. Viens souvent, Esther, très souvent. »

Tout l'amour qu'elle avait eu autrefois pour cet homme afflua d'un coup à la surface, comme s'il voulait à présent forcer tous les barrages et s'épancher dans des paroles. Comme il était grand et bon ! Son âme n'était-elle pas réelle, tandis que celle de l'enfant n'était que son propre rêve ? À cet instant sa confiance était revenue, mais l'idée qui gouvernait sa vie menaçait comme une nuée d'orage ces semailles en train de lever. La pensée de l'enfant la tourmentait. Elle voulait étouffer cette souffrance, ravalant sans cesse ce mot qui enfin jaillit dans un cri sauvage et désespéré : « Et l'enfant ? »

Le vieil homme se tut. Mais ses traits se durcirent, prirent quelque chose d'impitoyable. Le fait qu'elle pût l'oublier en cet instant où il espérait que son âme serait toute à lui l'avait atteint comme un coup de poing rageur. « Il est parti », dit-il d'un ton froid et indifférent.

Il sentit les regards d'Esther s'accrocher avidement à ses lèvres, dans la fureur du désespoir. Mais une force obscure le poussait à se montrer provocant et cruel. Il n'ajouta rien. À cet instant précis il haïssait cette jeune fille qui oubliait avec une telle ingratitude tout l'amour qu'elle avait reçu de lui, et cet homme bienveillant et si doux jouit pendant une seconde du plaisir de la tourmenter. Mais ce ne fut qu'un court moment de faiblesse et de désaveu de soi-même, comme une seule vague perdue dans cet océan infini de douceur et de pureté. Touché par le regard angoissé de la jeune fille, il se détourna.

Mais elle ne supporta pas ce silence. Elle se précipita sauvagement contre sa poitrine et l'étreignit avec des sanglots et des gémissements. Jamais elle n'avait exprimé une si cuisante douleur que dans ces mots désespérés qu'elle criait en pleurant : « Il faut que je le retrouve, cet enfant, mon enfant. Je ne peux pas vivre sans lui, c'est mon unique petit bonheur et on me le vole. Pourquoi voulez-vous me le prendre ?... Je n'ai pas été gentille avec vous, mais pardonnez-moi et laissez-moi l'enfant. Où est-il ? Dites-le-moi ! Dites-le-moi ! Il faut que je le retrouve... »

Les mots s'étranglèrent dans sa gorge en un sanglot muet. Le vieil homme, profondément ému, se pencha sur la jeune fille qui pleurait contre sa poitrine et qui, relâchant peu à peu son étreinte convulsive, s'affaissait de plus en plus comme une fleur mourante. Il caressa doucement ces longs cheveux noirs défaits. « Sois raisonnable, Esther ! Et ne pleure pas. Il est parti, mais...

– Ce n'est pas vrai, non, ce n'est pas vrai ! répliqua-t-elle brusquement.

– Si, Esther. C'est vrai. Sa mère a quitté le pays. Les temps sont durs pour les étrangers et les hérétiques, mais aussi pour les fidèles qui craignent Dieu. Ils sont partis pour la France ou l'Angleterre[1]. Mais pourquoi faut-il que tu perdes courage... sois donc raisonnable, Esther... attends quelques jours... tout s'arrangera...

– Je ne veux pas, je ne peux pas, dit-elle dans un râle,

---

1. C'est-à-dire pour des pays où le protestantisme progressait, ce qui laisse à penser que la mère appartenait à cette religion.

entre deux hoquets. Pourquoi m'a-t-on pris l'enfant... Je n'avais que lui... il faut que je le retrouve... il le faut, il le faut... Il m'aimait bien, c'était le seul être qui m'appartenait, à moi toute seule... comment vais-je vivre à présent... Dites-moi où il est, dites-le-moi... »

Plaintes et sanglots se mêlaient dans un flot de paroles chaotiques et désespérées, de plus en plus folles à mesure que la voix s'affaiblissait, pour s'épuiser dans l'hébétude des pleurs. Les pensées jaillissaient, fulgurantes et confuses, dans ce cerveau martyrisé qui ne pouvait retrouver la lucidité et le calme ; tout ce qu'elle ressentait, toutes ses réflexions, tournaient en cercles fous autour de cette même idée douloureuse, inséparable de tout ce qu'elle disait et emportée elle aussi dans un tournoiement sans repos, avec la force implacable d'un tourbillon. L'océan muet et sans limites de son amour inquiet bruissait et se faisait douleur désespérée et éclatante. Et les mots affluaient en désordre, chauds comme le sang s'écoulant d'une blessure qui ne veut pas se fermer. Le vieil homme, qui avait tenté de calmer cette douleur avec de douces paroles, se taisait, abattu. Cette passion lui paraissait, dans sa violence primitive et son ardeur ténébreuse, plus forte que toute consolation. Il attendait... Parfois le flot écumant semblait s'arrêter et l'agitation s'apaiser, mais chaque fois un sanglot faisait remonter à la surface des paroles égarées, mi-cri, mi-larmes. Toute la richesse, toute la splendeur d'une âme s'épuisaient dans cette douleur.

Enfin il put lui parler. Mais Esther ne l'entendait pas. Ses yeux humides et fixes étaient tout pleins d'une seule image et elle n'était sensible qu'à une seule idée. Comme dans le délire de la fièvre, elle continuait à bégayer : « Il riait si gentiment... Il était à moi, rien qu'à moi... Tous ces beaux jours... J'étais sa mère... Et je ne l'aurai jamais plus... Si seulement je pouvais le voir, le voir encore une fois... Le voir seulement, rien qu'une fois... » Et à nouveau la voix s'éteignait dans un sanglot de détresse. Lentement elle s'était détachée de la poitrine du vieillard et s'était laissée glisser jusqu'à ses genoux qu'elle embrassait maintenant de ses mains faibles et tremblantes, toute recroquevillée dans le flot épars de ses mèches noires. Son corps cassé et agité de soubresauts, avec son visage caché sous la vague des cheveux, semblait anéanti par une douleur furieuse. Et inlassablement, hagarde et à bout de forces, elle balbutiait les mêmes mots : « Le voir seulement, rien qu'une fois... rien qu'une fois... le voir seulement. »

Le vieil homme se baissa jusqu'à elle :

– Esther !

Elle resta de marbre. Ses lèvres continuaient à balbutier d'une voix blanche ces mots qui n'avaient plus de sens. Il voulut la relever ; son bras, qu'il saisit, était sans force et inerte, pareil à une branche coupée ; il retomba mollement. Seules les lèvres bégayaient mécaniquement la triste antienne[1]. « Une fois seulement... le voir seulement... rien qu'une fois... »

Une étrange idée lui vint, alors qu'il ne savait plus que faire. Il se pencha à son oreille : « Esther ! Tu le verras, pas seulement une fois, mais aussi souvent que tu le voudras ! »

Elle sursauta, comme si on l'avait arrachée à un songe. Ces mots semblèrent courir par tous ses membres ; un mouvement brusque s'empara de son corps, qui la fit se dresser. On aurait dit qu'elle reprenait peu à peu ses esprits. L'idée ne lui apparaissait pas encore clairement, car d'instinct elle ne croyait pas qu'un si grand bonheur pût sortir de la souffrance. Elle fixait le vieil homme d'un regard hésitant, comme si elle n'avait pas encore bien recouvré ses sens. Elle ne le comprenait pas tout à fait et attendait qu'il parlât. Tout était si flou. Mais il ne disait rien et hochait la tête en fixant sur elle un regard plein de bienveillantes promesses. Il passa doucement son bras autour d'elle comme s'il craignait de lui faire mal. Ce n'était donc pas un rêve ni un mensonge de circonstance. Son cœur battait, battait, dans une attente folle. Aussi docile qu'un enfant, elle le suivit, appuyée contre lui, sans savoir où il la menait. Mais il ne lui fit faire que quelques pas, jusqu'au chevalet. Et d'un geste brusque il arracha le tissu qui recouvrait son œuvre.

Esther, sur le moment, ne bougea pas. Son cœur était maintenant silencieux et comme figé. Mais ensuite elle se précipita vers le tableau dans un élan passionné, comme si elle voulait arracher du cadre cet adorable bébé rose et souriant et le ramener à la vie pour le bercer et le cajoler, pour sentir la douceur de ce corps maladroit et faire renaître le

---

1. À l'origine refrain que l'on reprend entre chaque verset d'un psaume. Ici, et de manière générale, il s'agit d'une phrase répétée inlassablement.

rire sur cette petite bouche naïve. Elle n'avait pas conscience d'avoir devant elle un tableau, un morceau de toile peinte qui n'était que le rêve de la vie, il n'y avait plus de pensée en elle, mais la sensation à l'état pur, et ses regards flottaient dans une ivresse bienheureuse. Elle restait immobile tout contre le portrait. Un tremblement convulsif agitait ses doigts, impatients de retrouver en frémissant la douceur de cet enfant potelé, et ses lèvres brûlaient de couvrir de tendres baisers ce corps qui la hantait. Une délicieuse fièvre parcourait ses membres. Puis les larmes chaudes affluèrent. Mais elles n'exprimaient plus la colère ni le reproche, c'étaient des larmes de mélancolie et de bonheur, un jaillissement, un débordement de toute sorte de sentiments étranges, qui tout d'un coup remplissaient son être et la faisaient éclater. Peu à peu la tension relâcha son étreinte implacable et Esther s'abandonna à un état d'apaisement fragile, mais plein de douceur, dont les suaves bercements la plongèrent dans un merveilleux rêve éveillé, loin de toute réalité.

Le vieil homme sentait à nouveau, dans sa joie, la même interrogation angoissante. Quel mystère habitait cette œuvre pour qu'elle inspirât des élans mystiques à ceux-là qui en avaient été le créateur et le modèle ? La douceur sublime qui émanait d'elle vous élevait si loin de la terre ! N'était-ce pas comme les images et les symboles des saints, objets de vénération qui faisaient instantanément oublier leur douleur aux accablés et aux affligés et les renvoyaient chez eux miraculeusement transfigurés et délivrés ? Et n'étaient-ce pas des flammes sacrées qui brillaient dans les yeux de la jeune fille contemplant sa propre image sans curiosité ni gêne, mais avec l'abnégation d'une âme qui s'abandonne à Dieu ? Il avait l'intuition que des chemins aussi insolites devaient conduire quelque part ; sûrement il y avait là une volonté qui n'était pas aveugle comme la sienne, mais clairvoyante et maîtresse de ses propres fins. Et, telles les cloches d'une église, ces pensées tintaient joyeusement dans son cœur qui se sentait appelé à la lumineuse grâce céleste.

Il prit doucement Esther par la main et l'éloigna du portrait. Il ne parlait pas, car lui aussi sentait sourdre des larmes chaudes qu'il ne voulait pas montrer. Il croyait voir encore rayonner sur sa tête un ardent fleuve de lumière, de même que sur l'image de la Madone, et il percevait autour d'eux, dans la pièce, quelque chose de grand et d'indicible qui les frôlait dans un bruissement d'ailes invisibles. Il fixa son regard sur les yeux d'Esther. Ils n'étaient plus gonflés de larmes et pleins de défi ; seul un doux voile miroitant semblait encore les obscurcir. Tout lui paraissait plus clair, plus tendre, comme transfiguré alentour. Tous les objets se montraient à lui nimbés de mystère et de sainteté.

Ils restèrent encore un bon moment ensemble. Ils recommencèrent à parler comme autrefois, mais avec plus de calme, plus de sérénité, ainsi que deux êtres qui n'ont plus à se chercher, qui se comprennent parfaitement. Esther était apaisée. La vue de ce tableau l'avait singulièrement troublée et remplie de joie, parce qu'elle lui restituait le bonheur de son plus beau souvenir ; elle possédait à nouveau son enfant, mais d'une façon plus sacrée désormais, plus profonde et plus maternelle que dans la réalité. Car à présent il n'était plus que l'enveloppe charnelle de son rêve, tout à elle et confondu avec son âme. À présent plus personne ne pouvait le lui prendre. C'est à elle seule qu'appartenait ce portrait à la minute où elle le regardait, et elle pourrait toujours le regarder. Le vieil homme tout vibrant d'intuitions mystiques avait bien volontiers accédé à sa timide requête. Maintenant sa vie était comblée jour après jour de la même béatitude et son désir ne connaissait plus l'angoisse ni le manque ; et ce petit être épanoui, qui pour les autres était le sauveur du monde, était aussi pour cette enfant juive et solitaire, à son insu, un dieu d'amour et de vie.

Elle revint ainsi plusieurs jours de suite. Mais le peintre se préoccupa à nouveau de sa commande, qu'il avait presque oubliée. Le négociant vint examiner le tableau et, sans rien savoir des miracles secrets qui avaient présidé à cette création, il fut lui aussi subjugué par la douce figure de la bonté maternelle et par la solennité sans apprêt du symbole éternel fixé sur cette toile. Enthousiasmé, il serra la main de son ami, qui repoussa tous les éloges d'un geste empreint de modestie et de piété, comme si la peinture placée devant eux n'était pas son œuvre. Et ils décidèrent de ne pas priver plus longtemps l'autel de l'ornement qui lui était destiné.

Dès le lendemain, le portrait décorait le coin de l'autel resté vide jusque-là. Et c'était un curieux spectacle que cette rencontre insolite des deux madones légèrement ressemblantes, mais à l'attitude si différente. On eût dit deux sœurs dont l'une s'abandonnait encore avec confiance à la douceur de la vie, tandis que l'autre avait déjà goûté au fruit noir de la souffrance et frissonnait à l'idée des temps à venir. Mais sur leurs deux têtes étincelait une même lumière : comme si brillaient là-haut des étoiles de l'amour sous lesquelles leur vie suivait son chemin, à travers joie et douleur...

Et Esther accompagna le tableau jusque dans l'église, comme pour y retrouver son propre enfant. Elle oubliait peu à peu que cet être lui était étranger, et une foi maternelle s'éveillait en elle, transformant le rêve en réalité. Elle restait des heures entières étendue de tout son long devant le tableau, ainsi qu'une dévote devant le portrait du Sauveur. Autour d'elle vivait une foi autre ; les cloches appelaient, de leurs voix tonitruantes, à un culte inconnu d'elle ; des prêtres dont elle ne comprenait pas les paroles chantaient des cantiques graves dont le grondement traversait l'église ainsi que des vagues noires, et qui s'envolaient dans le crépuscule mystique, suspendu tel un nuage embaumé tout là-haut au-dessus des bancs. Des hommes et des femmes dont elle haïssait la foi l'entouraient et le murmure de leurs prières couvrait les mots tendres qu'elle susurrait à son enfant. Mais elle ne sentait rien de tout cela, son cœur était trop agité pour se chercher, s'épier lui-même ; elle se laissait aller aveuglément à son seul souhait : voir son enfant chaque jour, et elle ne pensait plus au monde. Son sang était moins tourmenté par les tempêtes de l'adolescence, tous les désirs s'étaient perdus ou convergeaient dans cette unique pensée qui la ramenait sans cesse devant le tableau comme un charme magnétique qu'aucune force ne pouvait conjurer. Jamais elle n'avait été aussi heureuse qu'au cours de ces longues heures passées à l'église, dont elle sentait, sans les comprendre, la solennité sublime et la secrète volupté. Sa seule souffrance était de voir, de temps à autre, un étranger s'agenouiller devant le portrait et lever un regard plein de foi vers cet enfant qui était pourtant à elle, rien qu'à elle. Alors l'antique orgueil, irrépressible et jaloux, se remettait à flamber sauvagement en elle et son être brûlait d'une fureur qui lui donnait envie de frapper et de pleurer ; dans ces moments, sa raison se troublait de plus en plus, elle ne savait plus distinguer entre ce monde et celui de son rêve.

Et c'est seulement lorsqu'elle était étendue immobile devant le tableau que la grande paix revenait dans son cœur.

Ainsi s'était écoulé, dans sa douceur et sa générosité, le printemps qui avait vu s'accomplir l'œuvre et il semblait que l'été, après toutes ces tempêtes et toutes ces floraisons, fût prêt à lui offrir la grande paix solennelle de la maternité. Les nuits se faisaient plus chaudes, plus claires, mais la fièvre avait disparu et des rêves suaves et tendres se penchaient sur la tête d'Esther. À présent sa vie semblait plus sereine, un balancement égal entre des heures égales au rythme d'une passion paisible, et tous les buts, perdus jusqu'alors dans les ténèbres, réapparaissaient loin, très loin dans l'avenir, au terme de chemins lumineux.

Ce fut enfin le couronnement de l'été : la fête de la Vierge[1], le plus beau jour dans les Flandres. À travers les champs dorés, où règne d'ordinaire une activité intense, se déroulent de longues processions chamarrées, avec leurs bannières qui flottent et leurs drapeaux gonflés par le vent. L'ostensoir rayonne tel un soleil au-dessus des récoltes que le prêtre bénit de sa main levée, et les voix prient dans un bourdonnement si doux que les gerbes frissonnent et s'inclinent humblement, sans fin. Haut dans les airs, les cloches sonores lancent inlassablement leurs appels et du haut des clochers, que l'on voit briller dans le lointain, des voix amies leur apportent une réponse joyeuse, et cette vibration allègre est si puissante que l'on croirait entendre le chant des fières forêts, de la terre elle-même, et le bruissement de la mer.

Cette splendeur de la campagne se déverse bientôt sur la ville, elle submerge les remparts menaçants. Le vacarme monotone des artisans cesse, les bruits haletants de la journée se taisent ; seuls des ménétriers[2] parcourent les rues avec leurs fifres et leurs musettes, et les enfants, de leurs voix cristallines, poussent des cris de joie en dansant au son de la musique enjouée. La magnificence jaunie des vêtements de soie, contraints à reposer toute une année dans

---

1. Il s'agit de l'Assomption, moment où Marie meurt et monte au ciel. Elle est fêtée le 15 août. Zweig situe précisément dans le temps les événements qui vont suivre. — **2.** Terme archaïque qui désigne les musiciens de village.

les armoires, scintille au soleil ; dans leurs parures de fête, des groupes se rendent à l'église en bavardant.

Aux portes de la cathédrale, les fidèles sont accueillis par des vagues bleues d'encens et par une fraîcheur embaumée, et à l'intérieur règne une splendeur printanière de fleurs éparpillées et de guirlandes somptueuses, disposées par des mains attentionnées autour des tableaux et des autels. Des milliers de cierges éclairent d'une lumière magique cette obscurité où aux senteurs se mêlent le bourdonnement de l'orgue et les chants ; dans toute l'église frémissent une lueur mystérieuse et des ténèbres mystiques.

Puis cette atmosphère de piété révérencieuse semble soudain se répandre dans les rues. Un cortège de croyants se forme, les prêtres soulèvent sur leurs épaules le célèbre tableau du maître-autel, ce portrait de la Vierge auquel la rumeur attribue tant de miracles, et une procession solennelle se met en marche. Et en même temps que le portrait, on pourrait dire qu'ils portent le calme dans les rues bruyantes ; car la foule qui s'écarte pour livrer passage au tableau fait silence et s'incline, recueillie, jusqu'à ce que l'image sainte réintègre l'église vaste et ombreuse qui l'ensevelit dans ses profondeurs embaumées.

Cette année-là pourtant, de gros nuages venaient assombrir la fête religieuse. Depuis des semaines une pression sourde pesait sur le pays ; on murmurait de plus en plus, sans que la nouvelle fût confirmée, que les vieux privilèges[1] allaient être abolis. Les gueux et les protestants commençaient à s'agiter. Des bruits fâcheux parvenaient de la campagne : des prédicateurs protestants prêchaient en plein vent devant des milliers de personnes à l'entrée des villes et donnaient la communion à des citoyens en armes. Des soldats espagnols avaient été attaqués, et des assaillants avaient, disait-on, envahi des églises en chantant les psaumes de Genève[2]. Tout cela n'était pas encore attesté,

---

1. Charles Quint avait doté les Pays-Bas d'un statut juridique en les regroupant en « Cercle de Bourgogne », indépendant du Saint Empire romain germanique. Ils jouissaient d'une relative autonomie grâce à un conseil d'État consultatif où siégeait la noblesse et aux États provinciaux et généraux. Philippe II entendait réduire ces privilèges et étouffer la contestation qui apparaissait dans cette société évoluée et ouverte sur le monde grâce au commerce. — **2.** C'est-à-dire calvinistes.

Roger-Viollet

Portrait de Guillaume d'Orange, dit le Taciturne, d'après Pourbus (1580).
« Le prince d'Orange maintenait encore une discipline sévère... »

mais on devinait les premières lueurs d'un incendie naissant, et les projets de résistance armée que les gens prudents formaient chez eux au cours de leurs réunions clandestines dégénéraient en bravade et en insubordination chez tous ceux qui n'avaient rien à perdre.

Ce jour de fête avait amené à Anvers cette première vague sale, cette populace sans foi ni loi qui n'est jamais unie et ne s'ameute soudain que pour se soulever. On vit apparaître dans les tavernes des individus inquiétants, que personne ne connaissait ; ils maudissaient et menaçaient farouchement les Espagnols et les curés. Un peuple étrange et louche surgissait des recoins et des ruelles mal famées, pour se comporter avec insolence et provocation. Les querelles se multipliaient. De temps à autre se produisaient de légers heurts, mais ils ne se propageaient pas et s'éteignaient au contraire comme des étincelles isolées. Le prince d'Orange[1] maintenait encore une discipline sévère et surveillait cette racaille avide, querelleuse et malintentionnée, qui ne faisait cause commune avec les protestants que par appât du gain.

La grandiose solennité de la procession ne fit qu'attiser la fureur des instincts refoulés. Pour la première fois, des plaisanteries grossières vinrent se mêler au chant des fidèles, des menaces aveugles et des rires sarcastiques s'élevèrent. Certains chantaient les paroles du Chant des gueux[2] sur l'air des cantiques ; un jeune garçon imitait le prédicateur d'une voix coassante, à la grande joie de ses camarades ; d'autres saluaient le portrait de la Vierge en agitant galamment leurs chapeaux, comme ils l'eussent fait pour une dame aimée. Les soldats et les quelques fidèles qui avaient osé se rendre à la fête étaient impuissants et ils durent, les dents serrées, supporter des quolibets de plus en plus insolents. Le peuple déchaîné faisait montre d'une arrogance croissante depuis qu'il avait pris conscience de sa force. Presque tout le

---

1. Guillaume d'Orange, dit le Taciturne (1533-1584), prince allemand luthérien, il se convertit au catholicisme pour pouvoir hériter de la principauté d'Orange et de possessions hollandaises. Il fut l'âme de la révolte contre l'Espagne jusqu'à son assassinat. — **2.** Les « Gueux » est le nom donné aux gentilshommes des Pays-Bas qui présentèrent en 1566 à la gouvernante des Pays-Bas (la demi-sœur de Philippe II) le « compromis des nobles » réclamant le respect des libertés des Pays-Bas.

monde, déjà, était en armes. Et les desseins funestes, qui pour l'instant s'exprimaient simplement à travers des jurons et de lourdes menaces, aspiraient à se traduire par des actes. Cette agitation menaçante pesa sur la ville comme une nuée d'orage pendant toute la fête et les jours suivants.

Les femmes ainsi que les hommes les plus soucieux ne quittaient pas leur maison depuis les incidents fâcheux qui s'étaient déroulés pendant la procession. La rue appartenait désormais à la populace et aux protestants. Esther, elle aussi, était restée chez elle ces derniers jours. Mais elle n'était pas au courant de tous ces événements et de ces troubles. Elle remarquait confusément que les gens se pressaient de plus en plus nombreux dans la taverne, que des voix criardes de filles se mêlaient au chœur irrité des hommes occupés à se quereller et à jurer, elle voyait autour d'elle des visages de femmes hagards et des individus qui chuchotaient en cachette ; mais elle était la proie d'une telle apathie, d'une telle indifférence à l'égard de tout qu'elle ne questionna même pas son père adoptif à ce sujet. Elle ne pensait plus qu'à l'enfant, à cet enfant qui était devenu depuis longtemps le sien dans ses rêves ; tous ses souvenirs se fondaient dans cette unique image. Le monde ne lui semblait plus étranger, mais dépourvu de valeur, car il n'avait rien à lui donner ; la pensée du petit être absorbait toute sa capacité d'amour et d'abandon ainsi que le besoin ardent de Dieu qu'elle éprouvait alors. L'heure où elle se glissait jusqu'au portrait, qui était pour elle à la fois Dieu et l'enfant, était le seul moment où elle respirait la vraie vie ; ses autres faits et gestes n'étaient que l'errance langoureuse d'un rêveur qui passe à côté des choses comme un somnambule. Tous les jours, elle restait agenouillée devant ce tableau que son âme ignorante s'était choisi pour Dieu, et une fois où elle s'était enfuie de chez elle à l'insu de tous, elle s'était même laissé enfermer dans l'église toute une longue nuit d'été, chargée de parfums chauds.

Ces journées pesèrent lourdement sur elle, car elles l'empêchèrent de rejoindre son enfant. Lors de la fête de la Vierge, des masses endimanchées remplissaient les bas-côtés et la nef qui résonnait du chant des orgues ; mortifiée, humble comme une mendiante, Esther dut se diriger vers la sortie, au milieu de la cohue des fidèles ; ce jour-là en effet, les croyants entourèrent sans relâche les deux tableaux et elle devait craindre d'être reconnue. Triste, presque désespérée, elle retourna sur ses pas, sans même sentir la lourde clarté du soleil, puisqu'il lui avait été refusé de contempler l'enfant. L'envie et la colère la saisirent à la vue de cette procession ininterrompue de pèlerins qui pénétraient par la haute porte de la cathédrale dans la pénombre bleue et odorante.

Le lendemain fut encore plus triste pour elle, car on lui interdit d'aller dans la rue, où circulaient des individus dangereux. Sa chambre, jusqu'où montait ainsi qu'une affreuse et épaisse fumée le vacarme de la taverne, lui devint insupportable. Une journée pendant laquelle elle ne pouvait pas voir l'enfant sur le tableau était pour son cœur troublé comme une nuit opaque, sans sommeil et sans rêves, une nuit remplie de tourments, de ténèbres et de désirs. Elle n'était pas encore assez forte pour supporter la privation. Tard le soir, alors que son père adoptif se trouvait dans l'auberge avec ses clients, elle descendit l'escalier tout doucement, avec précaution. Elle posa la main sur la porte et poussa un soupir de soulagement : elle était ouverte. Sans faire de bruit, déjà toute à la sensation de respirer un air dont elle avait été longtemps privée, elle se glissa au-dehors et se dirigea à grands pas vers la cathédrale.

Les rues qu'elle traversa en courant étaient sombres et pleines d'un grondement sourd. Il y avait partout des attroupements et la nouvelle du départ du prince d'Orange avait déchaîné la violence. Les paroles menaçantes, qui durant toute la journée n'avaient été proférées qu'isolément, et de façon irréfléchie, prenaient maintenant l'allure de commandements. Au milieu de tout cela, les ivrognes hurlaient et des fanatiques entonnaient des chants séditieux, à en faire vibrer les fenêtres. On ne cachait plus les armes : haches, fauchards[1], épées et piques étincelaient dans la lueur vacillante des torches ; ces masses sinistres, auxquelles personne n'osait s'opposer, s'assemblaient comme des flots voraces qui n'hésitent que quelques minutes avant de submerger toutes les digues de leurs vagues écumantes.

Esther ne prêta pas attention à cette meute révoltée, même si en se faufilant il lui arriva de devoir écarter un bras brutal qui, avec curiosité et avidité, tentait d'ôter le fichu

1. Armes en forme de faux.

dont elle s'était enveloppé la tête. Elle ne se demanda pas pourquoi une telle furie animait soudain ces bandes dont elle ne comprenait ni l'agitation ni les cris ; mais le dégoût et la peur l'envahirent, et son pas s'accéléra de plus en plus, jusqu'au moment où elle se trouva, hors d'haleine, devant la haute cathédrale que la lune revêtait d'un voile blanc, et qui dormait profondément dans l'ombre des maisons.

Apaisée, elle entra avec un léger tremblement par une porte latérale. Les bas-côtés étaient plongés dans une obscurité totale, seuls les vitraux aux tons doux étaient nimbés de la lumière argentée et mystique de la lune. Les bancs étaient déserts. Aucune ombre ne frissonnait dans ces vastes espaces où l'on n'entendait pas le moindre souffle, et les statues des saints dressaient devant les autels leur masse d'airain sombre et inerte. Dans les profondeurs qui paraissaient infinies, la lueur vacillante de la lampe du saint sacrement au-dessus des chapelles évoquait le scintillement discret d'une luciole. Tout était si empreint de calme et de sainteté dans cette quiétude immobile qu'Esther, emplie de la silencieuse majesté des lieux, assourdit craintivement le bruit de ses pas. Elle se dirigea à tâtons vers l'allée latérale et prit place en frémissant, avec une jubilation immense, teintée de mysticisme, devant le tableau qui semblait émerger de l'obscurité à travers des nuages épais et odorants, infiniment proche et infiniment lointain. À partir de cet instant elle cessa de penser. Il se produisit le phénomène habituel : toutes les aspirations confuses de son âme de jeune fille se dissipaient dans de doux rêves chimériques, la ferveur semblait rayonner de toutes les fibres de son être et envelopper son front comme un nuage enivrant. Ces longues heures où se mêlaient, de façon inconsciente, et les langueurs et la piété, étaient pareilles à un doux poison légèrement narcotique ; elles étaient une source obscure, le fruit heureux du jardin des Hespérides[1] qui reçoit toute la vie divine et la nourrit. Car dans ces doux rêves instables et parcourus de frissons voluptueux se trouvait la félicité. Son cœur en émoi battait solitaire dans le grand silence de l'église vide. Du portrait émanait une très légère clarté, vaguement argentée, comme si une lumière brillait dans ses

1. Jardin mythique où poussaient les pommes d'or qu'Hercule vola, dans l'accomplissement de ses douze travaux.

profondeurs ; mais elle reconnut son enfant dans ces rêves exaltés qui lui faisaient quitter les marches glaciales pour la transporter dans la sphère douce et chaude d'une lumière immatérielle. Elle ne savait plus depuis longtemps que c'était là un enfant étranger, qui avait simplement croisé son chemin. Il était pour elle, dans ses songes, Dieu, et aussi le Dieu de toute femme, le produit vivant de sa propre chair ; une vague aspiration vers Dieu, une extase inquiète et un désir naissant de maternité tissaient la toile mensongère du rêve de sa vie. Il y avait désormais pour elle de la clarté dans cette vaste obscurité pesante, elle entendait de doux sons de harpe dans le frémissement du silence, qui ne connaissait ni paroles humaines ni sonnerie d'horloge. Au-dessus de son corps étendu sur le sol, le temps passait, dans sa marche imperceptible...

Soudain un choc brutal ébranla le portail. Puis un deuxième et un troisième ; elle se dressa, effrayée, et fixa l'obscurité terrifiante. De nouveaux coups retentissants firent trembler tout le fier édifice et tournoyer à travers l'obscurité les lampes solitaires, pareilles à des yeux de braise. Le cri des limes qui attaquaient le verrou résonnait dans l'espace vide comme un appel au secours ; les murs répercutaient violemment ces bruits sinistres et confus. La colère avide de la foule frappait à la porte et le grondement des voix irritées rendait un son creux dans cette solitude ; on avait l'impression que la mer en furie avait arraché toutes les digues et que ses vagues se brisaient contre les portes gémissantes de la maison endormie de Dieu.

Esther écoutait, hagarde, comme tirée brutalement d'un songe. Enfin le portail fracassé céda. Une marée sombre déferla et remplit les voûtes puissantes de ses hurlements déchaînés. Et il y en avait toujours davantage. Des milliers d'hommes semblaient être encore dehors à attendre et à exciter les assaillants. Telles des mains avides, des torches ivres se mirent soudain à étinceler et leur lueur sanglante et incertaine éclairait des faces sauvages, déformées par le fanatisme, où brillaient des yeux ardents comme le péché. Ce fut alors seulement qu'Esther devina confusément les intentions des hordes sinistres qu'elle avait rencontrées sur son chemin. Déjà on entendait le bruit sec des premiers coups de hache attaquant le bois de la chaire ; des tableaux furent jetés à terre, des statues renversées[1] ; des tourbillons de jurons et de railleries montaient de ces flots sombres au-dessus desquels les torches vacillaient, comme effrayées par ce comportement insensé. Dans la plus grande confusion, la foule se répandit vers le maître-autel, pillant, saccageant, profanant. Les hosties voltigeaient vers le sol, telles des fleurs blanches ; lancée par une main farouche, une veilleuse traversa l'obscurité comme un météore. Ils étaient de plus en plus nombreux à se presser, et les torches flamboyaient tant et plus. Un tableau prit feu et la flamme s'éleva très haut, semblable à un serpent qui darde sa langue. Quelqu'un s'en était pris à l'orgue ; les sons déments de ses tuyaux fracassés retentissaient à travers l'obscurité, comme un strident appel au secours. Des silhouettes émergeaient, qu'on aurait cru surgies de rêves confus et fous. Un individu excité au visage sanguinolent cirait ses bottes avec les saintes huiles[2] sous les acclamations bestiales des autres ; des vauriens en guenilles paradaient, revêtus d'habits épiscopaux richement brodés, une fille à la voix de crécelle avait posé l'auréole dorée d'une statue sur sa tignasse sale. Des voleurs buvaient le vin à même les vases sacrés en trinquant et, au pied du maître-autel, deux d'entre eux, un couteau étincelant à la main, se disputaient un ostensoir orné de pierres précieuses. Des filles avinées se livraient à des danses obscènes devant les sanctuaires, des ivrognes crachaient dans les bénitiers, des forcenés démolissaient aveuglément de leurs haches flamboyantes tout ce qui se trouvait sur leur chemin. Le bruit s'enfla en un vacarme confus traversé de voix glapissantes ; ainsi qu'une vapeur pestilentielle épaisse et rebutante, le tumulte s'élevait vers les voûtes noires qui regardaient de leur œil sombre la lueur sautillante des torches, apparemment impassibles, inaccessibles à cette agitation dérisoire et désespérée des hommes.

À demi évanouie, Esther s'était cachée dans l'ombre de l'autel. Elle avait l'impression que tout cela n'était qu'un rêve qui s'évanouirait soudain, tel un fantôme. Mais déjà les

---

1. Le 16 août 1566 éclata à Anvers le mouvement iconoclaste qu'on appelle le Beeldenstorme (destruction des images). Les églises d'Anvers furent dévastées. — **2.** Huiles consacrées employées pour les onctions, par exemple dans l'extrême-onction.

premières torches se précipitaient dans les bas-côtés. Des individus, tremblant d'une passion fanatique, comme en état d'ivresse, escaladèrent les grilles ou les brisèrent à grands coups retentissants, renversèrent les statues et arrachèrent les images des reliquaires. Des poignards qui étincelaient, pareils à des serpents de feu à la lumière vacillante des torches, s'attaquèrent avec fureur aux boiseries et aux tableaux qui furent précipités par terre avec leurs cadres réduits en morceaux. Les hordes s'approchaient toujours davantage dans la fumée tremblante de leurs flambeaux. Esther retint son souffle et s'enfonça plus profondément dans l'obscurité. Son cœur consumé par l'attente et par l'angoisse cessa de battre. Elle n'était pas encore capable d'interpréter les événements et ne ressentait que de la peur, une peur subite, irrépressible. Des pas se firent de plus en plus proches. Et un gaillard vigoureux abattit sauvagement la grille d'un seul coup.

Elle se crut déjà découverte. Mais elle ne comprit le dessein des envahisseurs qu'à l'instant suivant, lorsque, devant l'autel voisin, une statue de la Madone s'écrasa au sol avec un cri aigu d'agonie. Elle se mit soudain à redouter que l'on ne veuille détruire aussi son tableau, son enfant, et cette appréhension devint une certitude quand, à la lumière incertaine des torches, les œuvres furent, l'une après l'autre, arrachées, piétinées, écrasées, au milieu des cris d'allégresse et des sarcasmes. Toutes ses réflexions convergèrent d'un coup vers cette idée effroyable qui surgit, tel un éclair : on voulait assassiner le tableau qui, dans ses rêves confus, s'était depuis longtemps confondu avec son propre enfant vivant. En une seconde, tout flamboya, comme plongé dans une lumière aveuglante. Une pensée, la pensée qui occupait toutes ses journées, se chargea en ce moment précis d'une intensité mille fois plus grande et embrasa son être : l'enfant, sauver son enfant. À cette seconde, son rêve et la réalité se rejoignirent dans une ferveur désespérée. Les zélotes[1] fanatiques se ruaient déjà vers l'autel. Une hache se dressa haut dans les airs – et à cet instant elle perdit toute sa lucidité et se jeta, les bras ouverts, devant le tableau pour le protéger...

---

1. Dans ce cas, il s'agit plutôt de zélateurs, c'est-à-dire de défenseurs zélés de leur foi.

Ce fut comme un enchantement. Avec un bruit sourd, la hache heurta le sol, lâchée par la main qui retombait sans forces. Et la torche, tenue dans un poing qui se figeait, s'éteignit en sifflant. On eût dit que la foudre avait frappé cette foule tapageuse et enivrée. On n'entendit plus aucun bruit, seul jaillit un cri étranglé : « La Madone... la Madone. »

Ils étaient tous là, tremblants et blêmes. Quelques-uns, tout flageolants, tombèrent à genoux et se mirent à prier. Il n'y avait personne qui ne frémît au plus profond de lui-même. Tous étaient subjugués par cette illusion prodigieuse. Pour eux il n'y avait aucun doute que s'était produit ici un miracle souvent attesté et relaté : la Madone, car ses traits étaient manifestement ceux du tableau, avait protégé son portrait. Leurs consciences s'exaltaient à la vue de cette jeune fille qui, à leurs yeux, était le tableau vivant. Jamais leur foi ne fut plus vive qu'en cet instant bref et fugitif.

Mais d'autres déjà se précipitaient. Des torches éclairèrent le groupe figé et la jeune fille qui se pressait, à demi paralysée, contre l'autel. Le vacarme recouvrit le silence. À l'arrière, la voix grinçante d'une catin cria : « En avant... ce n'est que la Juive de l'aubergiste. » Et subitement le charme fut rompu. Mortifiés, pleins de honte et de colère, les gueux se ruèrent sur les marches. Un poing brutal repoussa Esther sur le côté, la faisant trébucher. Mais elle se ressaisit ; elle se battait pour le portrait, comme s'il s'agissait vraiment d'une créature de chair et de sang. En proie à une fureur aveugle et animée par son opiniâtreté native, elle frappa les iconoclastes avec un lourd chandelier d'argent ; l'un d'eux s'effondra en jurant, mais un autre s'élança en avant, fou de rage. Un poignard jaillit, tel un bref éclair rouge, et Esther s'affaissa. Déjà l'autel volait en éclats et les débris pleuvaient sur elle, qui ne ressentait plus aucune douleur. Le portrait de la Vierge à l'enfant et celui de la Madone au cœur transpercé tombèrent tous deux à terre, sous l'effet d'un seul coup de hache furieux.

Et la tempête se déchaîna de plus belle ; les pillards couraient d'église en église, remplissant les rues d'un vacarme abominable. Une nuit terrible s'abattit sur Anvers. À l'annonce de ces événements, on frémissait d'effroi dans les maisons ; des cœurs anxieux battaient derrière les portes verrouillées. Mais la flamme de la révolte flottait, pareille à un drapeau, sur le pays tout entier.

Cette nuit-là, le vieux peintre fut lui aussi saisi d'une angoisse irrépressible lorsqu'on l'eut mis au courant des déprédations commises par les iconoclastes[1]. Ses genoux tremblèrent, et il saisit un crucifix d'un geste suppliant pour implorer Dieu de sauver le tableau que, de façon manifeste, Sa grâce lui avait offert. Cette pensée effroyable le tourmenta pendant toute cette nuit sinistre et tumultueuse. Et, aux premières lueurs de l'aube, il lui fut impossible de rester plus longtemps chez lui.

Son dernier espoir s'écroula devant l'église comme un arbre qu'on abat. Les portes étaient enfoncées, des lambeaux de tissus et des éclats de bois, de même que des traces sanglantes, indiquaient le trajet impitoyable des iconoclastes. Tâtonnant dans l'obscurité, il se dirigea à grand-peine vers son tableau. Ses mains se tendirent vers l'endroit où il se trouvait. Mais elles s'égaraient, s'égaraient dans le vide. Et elles retombèrent, fatiguées. Brusquement, la confiance qui pendant tant d'années avait rempli son être et lui avait fait chanter des cantiques d'action de grâces à Dieu s'envola, telle une hirondelle effarouchée.

Il se ressaisit enfin et fit de la lumière. Une lueur fugitive jaillit de la pierre à briquet et lui dévoila un spectacle qui le fit reculer en chancelant. Sur le sol gisait, au milieu des décombres, la Madone du maître italien, la Madone aux traits doux et tristes et au cœur saignant, transpercé d'un coup d'épée. Mais ce n'était pas le portrait, c'était la Madone elle-même, en personne... Le front du vieil homme était couvert d'une sueur froide lorsque la flamme s'éteignit. Il pensait vivre un cauchemar. Mais en rallumant la lumière il reconnut Esther, étendue, mortellement blessée. Et, par un étrange prodige, celle qui avait dans la vie incarné sa vision de la Vierge avait pris dans la mort les traits de la Madone du peintre étranger, dont elle avait connu le destin ensanglanté...

C'était un prodige, un prodige incontestable. Mais le vieil

---

1. À l'origine, mouvement de chrétiens byzantins opposés à toute représentation du Christ, de la Vierge et des Saints. Ils furent déclarés hérétiques au deuxième concile de Nicée (787). La pensée iconoclaste se développa au XVIe siècle au sein du protestantisme (*cf.* note 2 p. 29 et Présentation).

homme ne voulait plus croire à aucun miracle. Au moment même où il la vit morte à côté de son tableau fracassé, elle, la fleur qui avait éclairé d'une douce lumière les derniers jours de sa vie, les cordes de son âme fervente se brisèrent. En l'espace d'une minute, il renia le Dieu qu'il avait adoré pendant soixante-dix ans. Tout cela pouvait-il être l'œuvre d'un Dieu sage et bienveillant ? Un Dieu qui n'accordait tant de joie créatrice et de splendeur naissante que pour les réduire ensuite à néant, sans raison ? Il ne pouvait s'agir là d'un acte délibéré : ce n'était que le jeu d'une volonté inconséquente ! Seulement un prodige venant de la vie, et non pas de Dieu, un hasard, comme il s'en produit des milliers chaque jour, s'entrelaçant pour se défaire à nouveau. Rien de plus ! Se pouvait-il donc que les âmes bonnes et pures comptent si peu au regard de Dieu qu'il les rejette, comme par un jeu désinvolte ? Pour la première fois, dans une église, il désespérait de Dieu, parce qu'il l'avait cru grand et bon et qu'à présent il ne comprenait plus ses desseins.

Il regarda longtemps la jeune morte qui avait répandu sur ses dernières années tant de lumière et de piété. Et il se radoucit, et revint au sentiment de la justice, lorsqu'il vit la félicité retenue qui émanait de ses lèvres brisées. Son cœur plein de bonté redevint humble. Avait-il vraiment le droit de demander qui avait accompli cet étrange prodige : cette jeune Juive solitaire mourant pour l'honneur de la Madone ? Pouvait-il examiner si c'était l'œuvre de Dieu ou de la vie ? Avait-il le droit de travestir l'amour sous des paroles qui lui échappaient, avait-il le droit de se rebeller contre Dieu, parce qu'il ne comprenait pas Sa nature ?

Le vieil homme frissonna. Il se sentit très pauvre en cette heure de solitude. Il reconnut que durant ces longues années il avait erré seul entre Dieu et la vie, qu'il avait voulu donner un double visage à ce qui était simple et pourtant impossible à interpréter. Les mêmes étoiles merveilleuses n'avaient-elles pas éclairé la marche tâtonnante de cette âme de femme en train d'éclore – Dieu et l'amour n'avaient-ils pas fait qu'un en elle, comme partout ailleurs ?...

Les premières lueurs de l'aurore embrasaient doucement les vitraux. Mais il ne perçut pas cette lumière, car il n'aspirait plus à des jours nouveaux ni à la vie, qu'il avait parcourue pendant de si longues années, atteint par ses prodiges sans qu'ils l'eussent jamais illuminé. Et, sans crainte, il se sentit désormais proche de cette ultime merveille qui n'est plus une illusion ni un rêve, mais la vérité : obscure, éternelle.

Traduction révisée par Brigitte Vergne-Cain et Gérard Rudent.

TABLE

Composition réalisée par COMPOFAC - PARIS

IMPRIMÉ EN FRANCE PAR BRODARD ET TAUPIN
Usine de La Flèche (Sarthe).
Librairie Générale Française - 43, quai de Grenelle - 75015 Paris.

ISBN : 2 - 253 - 14016 - 3 31/4016/7